書下ろし

冬の野

橋廻り同心・平七郎控⑫

藤原緋沙子

祥伝社文庫

目次

不忍池
浅草寺
向島
浅草新堀川
吾妻橋
神田佐久間町
昌平橋
柳原通り
神田川
和泉橋
両国橋
竪川
米沢町
隅田川
新大橋
京橋
木綿問屋『丸田屋』
本材木町
青物町
海賊橋
小名木川
永代橋
木挽町
弾正橋
牛草橋
楓川
八丁堀
京橋川
三十間堀
真福寺橋
鉄砲洲
小料理屋『江戸屋』
石川島
采女ヶ原
西本願寺
料理屋『白魚』

須田町
通新石町
神田鍛冶町
高砂町
茶漬屋『紅葉屋』
今川橋
竜閑橋
本銀町
小伝馬町
通油町
読売屋『二文字屋』
日本橋
絵双紙屋『永禄堂』
堀江町
久松町
上村道場
日本橋
江戸城
北
西
東
南

「冬の野」の舞台

第一話　冬の野

一

昼時になると、竜閑橋《りゅうかんばし》の北詰にある茶漬屋『紅葉屋《もみじや》』の前には、長い行列が出来る。

店はこの春、辺《あた》り一帯が火事に見舞われて焼け出された後に出来たばかりの新手の茶漬屋。やり手の女将《おかみ》の愛嬌《あいきょう》と、出してくれるものが旨《うま》いというので、近頃では並ばないと食べられないほどの人気となっている。

「はい、順番にお並び下さい。お並び下さい。まもなく席が空きますので、もう少しお待ち下さい……」

可愛《かわい》らしい小女《こおんな》が出てきて、戸口に並んでいるお客に愛想を振りまいては、下駄《げた》を鳴らして店の中に入って行くのだ。

その行列の中に、北町奉行所の同心、立花平七郎《たちばなへいしちろう》と平塚秀太《ひらつかしゅうた》の姿があった。

この二人、奉行所では閑職と言われ馬鹿にされている橋廻り同心である。十手《じって》の代わりに木槌《きづち》を携帯し、橋の傷《いた》みを点検して回っている。

人員は与力一騎、同心二人で、お役御免《ごめん》間近の老人や、何かで失敗して配置替えとなった者のお役目だと言われているが、若い二人が何故《なにゆえ》橋廻りとなっているのか。

まず平七郎だが、元は〈黒鷹《くろたか》〉と呼ばれた凄腕の定町廻りだった。それが、ある事件の責任を取らされて橋廻りとなったのだ。

相棒の平塚秀太の方は、深川《ふかがわ》の材木問屋の次男坊だった男である。

秀太は商《あきな》いより捕り物好きで、事件が起きれば町の人々の注目を浴びる定町廻りの同心にあこがれて、父親に同心株を買ってもらって同心になったのだが、期待外《はず》れの橋廻りに配属されているのだった。

とはいえ二人は、これまでに幾多の難事件を解決している。

今や奉行所内では注目の的、花形の定町廻りより腕はいいと囁《ささや》かれていて、定町廻りは形無しというところだ。

だが、平七郎も秀太も、決しておごらず、飄々《ひょうひょう》として橋廻りのお勤めに余念がない。

今日も二人して、目の前にある竜閑橋の見回りにやって来ているのだ。

この辺りは今年の春に大火事に遭《あ》い、竜閑橋も、隣の橋も、その隣の今川橋《いまがわばし》も焼け落ちたのだ。

それを期に、いま堀の両端は大規模な埋め立てが行われていて、今川橋などは、橋は架《か》かるが両端は埋め立てられて堀の幅は狭くなりそうだ。

だがこの竜閑橋辺りは埋め立ては無く、橋の大きさは以前と同じで、長さは五間（約九メートル）幅三間（約五・四メートル）の新しい橋が架かったのだ。

当たり前だが橋は新しく、格別気がかりになるところは無かった。

ついでに茶漬屋の名物女将に会い、料理も味わい、今後の橋の点検に協力してもらおうということになったのである。

とはいえ、もうかなりの時間待たされていて、秀太は上役の大村虎之助《おおむらとらのすけ》に提出する日誌を、立ったままで器用に付けている。

他の店に行こうかなどと考えてもみたが、時折可愛らしい娘が出てきて上手にお客に愛想を振りまくものだから、列から離れ難《がた》くなっているのだ。

二人の前には三人の客が並んでいるし、後ろを見れば十人ぐらいがまだ並んでいて、まもなく入れるとは思うものの足が棒になりそうだ。

「ったく、いつまで待つんだ……こちとら時間がねえよ」

大工の文字が白く染め抜かれた紺袢纏《こんはんてん》を着ている男が、待ちくたびれて不満を漏《も》らし、後ろを振り返って平七郎と秀太に同意を求めるように苦笑いを送って来た。

「親父さんは初めてなのかい、この店……」

秀太は、自分が付けている日誌をぱたんと閉じて大工に訊《き》いた。

「まあね、あっしはすぐ近くで普請《ふしん》を手伝っているんだがよ、仲間が、ここの店は何でもうめえし、女将もいい女だ、なんていうもんだから来てみたのよ。そしたらこのざまだ。腹と背中の皮がくっついちまうよ」

「まったくだな。そこの蕎麦屋《そば》でもよかったんだ」

秀太も不満を漏らした。

「ところで、お役人さんは、橋廻りのお方ですかい？」

大工は、秀太の懐《ふところ》から覗《のぞ》いている木槌に気付いたようだ。

「そうだよ」

答えながら、秀太は懐の木槌を奥に押し込む。

――ちぇ、余計なところに目をつけやがって……。

と思ったのだ。

――定町廻りも橋廻りも、どっちがいいってもんじゃない。実際こっちの方が忙しいんだから……。

反論のひとつもしたいところだが、どう説明しても、平七郎と秀太の活躍を知らない町の者は、橋廻りは隠居の仕事だぐらいにしか思ってないのだ。

「旦那、隠すことはねえよ。近頃じゃあ橋廻りのお役人ていうのは、定町廻りのお役人さんより頼りがいがあるなんて噂《うわさ》ですぜ」

大工は思いがけないことを言う。

「ほんとにそう思うか？」

まんざらでもない秀太である。

「ほんとだとも、あっしだってそう思ってる人間の一人さ。ここでいうのもなんだがな、大工だってそうさ。店を構えてはじめて一人前なんて言われるけど、出職だって腕のいい奴はいる。そうだろ、その代表が、この俺っちさ」

大工は力こぶをつくってみせると、ぽんとその腕を反対の手で叩いた。

「親父さんのいうとおりだ」

秀太が気をよくしたところで、

「政吉《まさきち》兄い、もう時間だぜ、親方が待ってら」

同僚の大工が呼びに来た。

「ちょっと待てよ、もうすぐなんだからさ」

政吉と呼ばれた大工は、頰《ほお》を膨《ふく》らませた。

「いいのかい、親方にまたねちねち言われるぞ。ほら、政吉兄いの分も、握り飯を買ってきたから」

手にある竹皮の包みをみせる。

「ちぇ、ったく……」

政吉という大工は、舌打ちをして列から離れ、朋輩と去って行った。

それを待っていたかのように、

「どうぞ、五人ほどお入り下さい」

小女が出てきて言った。

平七郎と秀太は、ようやく店の中に入ることが出来た。

「いらっしゃいませ」

明るく若い女の声がお客を迎える。

店は八畳ほどの広さだった。

二人は小女に案内されて店の窓際《まどぎわ》に座った。すると年増の痩《や》せた女が注文を取りに来た。

垢抜《あかぬ》けた感じの女だった。この店で働く女たちは目に入っただけで四人、皆美形だった。

「平さん……」

秀太に促《うなが》されて、

「そうだな、この店でおすすめの物を貰《もら》おうか」

店の中を見渡しながら平七郎は言った。

客は十余人ばかりだが、奥にいる二人は若い夫婦のようで、この店の女将らしき女が、何かその二人と話している。

女将らしき女は、桔梗《ききょう》色の地にとんぼを型どりした江戸小紋《こもん》を着ていて、横から見てもきりりとして見え、一目で店の女将と察しがついた。

「お任せですね。今日のお任せは、焼きカレイと里芋《さといも》のにっころがし、鱈《たら》とわさびと白ごまとのり、のお茶漬けです。大根の漬け物も付きます」

小女は読み上げるように言った。

「よし、それでいい。それと、食事が終わってからでいいのだが、女将に話があるのだ。そう伝えてくれ」

ちらと奥にいる女に視線を流すと、

「分かりました。お伝えします」

小女は、にこりと笑って板場に消えた。

「お待たせいたしました。女将のお富《とみ》でございます」

二人が食事を終えると、それに合わせたように女将がやって来た。

小女も皆気持ちのよい女ばかりだと思っていたが、なんと女将も若い頃には男の目を惹《ひ》く女だっただろうと思わせる目鼻立ちをしていた。

「お富か……忙しそうなのにすまんな。橋廻りの立花だ、こちらは平塚という」

平七郎が伝えると、

「私になんのご用でしょうか……」

お富は怪訝《けげん》な顔をした。

「まあ、そこに座ってくれ」

平七郎は二人の前を指した。女将のお富が座るのを待って問う。

「いや、他でもない。女将に竜閑橋の管理を頼みたいのだ」

「私に……」

「そうだ、この辺りが焼けるまでは、以前この店の隣で米屋を営んでいた『丸子《まるこ》屋《や》』に頼んでいたんだが、あの火事で引っ越して行ったのだ。それでこちらに頼めぬものかと立ち寄ってみたんだが……」

「ありがたい事です。お役人さまのお役に立てるなんてね。でも私に出来るのでしょうか」

「何、橋が壊れたとか、橋に何か不都合があった時に知らせてくれれば良いのだ。難しいことじゃない」

秀太が言う。

「分かりました。ご協力いたします。私もようやく、こういう人の往来の賑《にぎ》やかな場所に店を持つことができました。苦労をした甲斐《かい》があったと、しみじみと感謝して働いているのです」

笑みを絶やさず頭を下げると、

「おてるちゃん、こちらにお茶を持ってきて下さいな」

女将らしい心配りをみせて、

「このお茶、焙烙《ほうろく》で炒《い》ってありますから、香ばしい香りがしますよ、どうぞ」

二人にお茶を勧める。さすがそつが無い。

「うまいな、人気があるのもうなずける。全てに手抜きがない」

秀太がお茶を一口飲んで、店を見回して言った。

「ありがとうございます。皆様のお陰です。ただ、近頃では相談ごとまで持ち込まれまして戸惑《とまど》っております」

おほほと笑う。

「ほう、すると、先ほどの若い夫婦者も、女将になにやら相談していたのだな」

平七郎が訊いた。

「はい。なんでも所帯を持つ時に、見栄を張ってお金を借りて、箪笥《たんす》とかいろいろ買ったらしいんです。ところが亭主の方が、思ったより実入りが少なくて、借金を返すどころか日々の暮らしも苦しいところ、嫁さんはそれで別れたいといい、亭主は嫌だといい、もめていたんです」

「…………」

平七郎も秀太も、興味津々だ。

「それで言ってやったんですよ。それほど亭主が嫌になって別れたいのなら、深川に慶光寺《けいこうじ》っていう縁切り寺があるから、そこに行けばいいってね。そしたら二人は驚いて俯《うつむ》いちまってね」

「女将……」

平七郎が驚いた声を上げると、

「旦那、心配はいりませんよ。あのお嫁さんは亭主の悪口言ってましたけどね、誰かに愚痴《ぐち》を聞いてほしかっただけですよ、あれはね。心底別れたいかというとそうではない。私は分かるんですよ。本当に別れたいと思った時には、あんなもんじゃやない。自分の経験から分かるんですよ」

「……………」

平七郎は頷《うなず》きながら、女将のこれまでの人生に思いを馳《は》せた。

同時に興味も湧《わ》いたが、それを聞き出す事ははばかられた。ところが、

「じゃあ、女将さんは離縁したことがあるんですね」

なんと秀太は、しれっと訊く。

「ええ……離縁というか、亭主から逃げてきたんですよ」

お富は苦笑して言った。役人に訊かれて戸惑っている風だったが、

「そうか、でも立派じゃないか。苦労したとは思うけど、こうして繁盛《はんじよう》する店を持ったんですからね。男だって、そう易々《やすやす》とは出来ない事だよ」

さすが材木問屋の息子だ。商いの苦労が頭をよぎったようだ。

「ありがとうございます。最初はね、屋台から始めたんですよ。そして小さなお店《たな》を高砂町《たかさごちよう》に出して、そしてここにやって来たんです」

お富も気をよくしたのか、さらりと打ち明け、

「でもそれもこれも、あるご老人のお陰《かげ》なんです。私が亭主から逃げて食うや食わずで死にそうになって倒れた時に、一両というお金を恵んで下さったんですよ。それで私、頑張れたんです。あれがなかったら、もうとっくに、どこかの野っ原で骸骨《がいこつ》になってましたよ」

お富は笑みを見せた。

「へえ、奇特な老人がいるもんですね」

秀太は感心してみせる。

「ただその時、私名前を聞くことが出来なかったんです。江戸の人だって事は分かっているのですが……ですから、こうやって商いをしながら、お客さんの中に、あのご老人がいやしないかと注意してみているんですが……もし、会うことが出来たなら、お金もご恩もお返ししたいって思っているんです」

お富は、しみじみと言った。

平七郎は、興味深く聞いていた。

それというのも、昨年のことだ。

竪川《たてかわ》に架かる二ノ橋《にのはし》（二ツ目橋《ふたつめばし》）の袂《たもと》の小屋で、龍の煙管《きせる》で煙草《たばこ》を旨そうに

飲んでいた橋番の善兵衛《ぜんべえ》のことを思い出したのだ。

善兵衛は、元は大店の主《あるじ》だった。それが店から火を出して店は潰れ、老い先短い歳になって、橋の番人になった老人だった。

その善兵衛が大店の主だった頃に、ある行き倒れの男に十両もの大金を恵んでやったことがあった。

落ちぶれた善兵衛の生きがいは、その時の男が、立派にこの江戸で生業《なりわい》を見付けて暮らしていてくれるという期待だった。

ところが情けを掛けたその男は悪人になっていて、善兵衛はその男に殺されてしまったのだ。

人の情けというものは、掛ける方の気持ちが、そのまま掛けられた者に感受されることもあれば、中には恩も義理も感じない者もいる。

あの善兵衛を殺した男と比べると、お富は恵んでもらった一両を契機に、こうして立派に店を構えるようになったのは見上げたものだ。

――人の魅力というものは、多くはしゃべらなくても体ににじみ出るものだ。女将が料理の味だけでなく、お客の心を引きつけているのは、そういうことかもしれないと、平七郎は改めてお富の顔を見た。

その時だった。

「お帰りなさいませ！」

小女たちが口々に入って来た娘に言った。

娘はまだ十七か八か、色白で可愛らしく鼻が少し天を向いたような顔立ちだった。手に風呂敷包みを抱えていた。

「ただいま」

娘は小女たちに朗《ほが》らかに言い、

「おっかさん、ただいま。すぐに手伝うね」

お富に告げると、急いで店の奥に消えた。

「娘です。お稽古《けいこ》に行っていたんですよ。おみよといいます」

お富は、嬉《うれ》しそうに言った。

二

「聞きましたよ、秀太の旦那から」

読売屋『一文字屋《いちもんじや》』の辰吉《たつきち》は、今川橋の点検をしている平七郎の側に体を寄せてくると、橋の中程で辺りを見渡している秀太をちらっと見て言った。

「何を聞いたんだ」

「ほら、竜閑橋北側で店を開いている女将の話、いい話だなって、おこうさんと話していたんだ。読売に載せようかって」

「ふむ」

平七郎は体を起こして、埋め立てをしている人足の動きに目をやった。

この辺りも、今年の春の大火事で橋もろとも焼け出された所である。

その日も風が強かった。巳《み》の中刻（午前十時）ごろ、神田佐久間町《かんださくまちよう》の材木商から火が出て、たちまち火は三方に広がり、大名屋敷が四十七軒、旗本御家人屋敷が九百軒、町屋も十一万軒あまり、土蔵も橋も多数焼けて、死者千九百人を数えている。

二人の近辺では、松平越中守《まつだいらえつちゆうのかみ》の屋敷が焼け、その勢いに乗った火は八丁堀《はつちようぼり》の組屋敷も襲い、多くの同心屋敷も焼かれている。

それから八ヶ月、順々に屋敷も家も再建されて、今ようやく江戸の町は落ち着きをみせてきたところである。

今川橋の両端から数間埋め立てているのも、この時の火事が原因なのだ。

「いいかもしれぬな……女将も恩人を探しているようだったから、喜んでくれるんじゃないか」

平七郎は言い、

「それはそうと、おこうの親父さんの本、進んでいるのか」

辰吉に訊いた。

おこうは日本橋《にほんばし》にある絵双紙屋『永禄堂《えいろくどう》』の跡取り仙太郎《せんたろう》から、父親の総兵衛《そうべえ》が書き留めた事件を、一冊の本にまとめて発表してみないかと誘われて、今それに取りかかっているのである。

仙太郎からは縁談も持ち込まれて久しいが、こちらの方は未《いま》だうやむやになっている。

おこうは一度断っているのだが、仙太郎にはもう一度考えてくれなどとねばられて断りきれずに今日に到っている。

おこうの気持ちが揺れているのを、仙太郎は知っているのだ。

「大変らしいですよ、おこうさん。縁談のことも宙ぶらりんだしね、誰かさんのせいで……」

ちらっと平七郎を睨《にら》んでから、

「まあ、仙太郎さんとは今のところ、友達づきあいってとこですかね」

聞かれもしない事をしゃべるが、平七郎がこれといった反応を示さないのに観念したらしく、

「じゃ、一度おこうさんと女将のところに行ってきます。平さんとも相談したって言ってもいいですよね」

辰吉は念を押した。

「それはいいが、女将が気乗りしないようなら、書くのはやめろ」

「承知です」

辰吉が胸を叩いたところに、

「立花の旦那でございやすね」

男が駆けて来て言った。

「そうだが、お前さんは？」

「本銀町《ほんしろがねちょう》の番屋の松助《まつすけ》といいます。実は工藤《くどう》さまが来ていただきたいって言っておりまして……」

と言うではないか。

「工藤……平さん、定町廻りの工藤さんのことですか」

秀太が近づいて来て言った。

工藤というのは定町廻りの同心で工藤豊次郎《とよじろう》のことだが、もう一人工藤と組んでいる亀井市之進《かめいいちのしん》とともに、今や定町廻りの厄介者《やっかい》になっていて、事件が起きると何かにつけ平七郎に助けを求めてくるのであった。

「へい、さようです。工藤豊次郎さまのことでございます」

松助は腰を折る。

「どうせ殺しかなんか起きて、平さんに手伝ってほしいと、そういう事じゃないの」

嫌みたっぷりに秀太は言う。

「へい、おっしゃる通りでございやす。先ほど『だるま長屋』で爺《じい》さんが殺されているのが分かりまして……」

「何……」

平七郎の顔が強《こわ》ばる。

「申し訳ありやせんが、来ていただきたいと……」

「平さん……」

秀太は平七郎の袖《そで》をひっぱって制したが、殺しと聞いて、それも助けを求められて放っておける平七郎ではない。

「分かった」

平七郎は、手にしていた木槌を懐にしまった。

舌打ちしながらも、秀太も後に続く。

「よしっ」

辰吉もむろん、平七郎の後ろに続いた。


「立花さん、こっち、こっち」

だるま長屋の木戸をくぐると、中程の長屋の前で、工藤が大きく手招いた。

一年ほど前までは「立花」なんて呼び捨てにしていたくせに、近頃では「立花さん」などと「さん」づけで呼ぶ。

「ふむ」

平七郎は路地に所狭しと並ぶ、だるまの間を縫《ぬ》って、工藤がいる長屋の前に向かった。

この長屋は、師走《しわす》から新年に掛けて町の出店や神社や寺の境内《けいだい》で販売するだるまを作っている。

どの家の前にも、板を置いて、それにだるまを並べて乾かしていて、路地はだるまで足を運ぶのも難儀なほどだ。

「幸せを呼ぶだるまを作っている長屋で殺しとは……人が聞いたら、縁起が悪いって、だるまが売れなくなりやすよ」

辰吉が、ぴょんぴょん飛ぶようにして歩きながら言う。

「一人暮らしの爺さんで、徳平《とくべい》というらしい」

工藤は長屋の中に、平七郎を連れて入った。

徳平という爺さんも、だるまを作って暮らしていたらしく、部屋の中は仕上げただるまが部屋を埋め尽くすように並んでいた。

爺さんは入ってすぐの板の間に、仰向《あおむ》けになって倒れていたが、その向こうには酒のとっくりと湯飲みが三つ、転がっている。

「刃物で刺された跡もなく、首を絞められた跡もないのですが……」

工藤は爺さんの体を十手で指《し》し示しながら言った。

平七郎は、唇が紫になっているのに気付いていた。窒息《ちっそく》したのではないかと思ったのだ。

辺りを見渡すと、だるまを作る時に貼《は》り合わせる厚い和紙が、濡《ぬ》らして放ってあるのに気付いた。

「工藤さん、隣の者を呼んでくれませんか」

平七郎が言うと、工藤はすぐに隣の女房を呼んで来た。

「教えてほしいのだが、だるまの張り子を作る時に、こんなに紙をぐっしょりと濡らすことはあるのかね」

濡れて丸めてある紙を見せる。

「いいえ、濡らしたら使い物になりません」

隣の女房は言った。

「うむ……」

平七郎は頷いた。

「と、いうと、平さん、どういう事ですか。この紙が殺しに使われたと……」

秀太が訊く。

「そうだ、この紙を水に濡らして爺さんの口をふさいだのだ。小伝馬町《こでんまちょう》の牢屋では、よくある殺しのひとつだ」

「………」

工藤は苦い顔をして聞いている。

平七郎は、その紙を工藤の手に渡すと、

「で、爺さんの身よりは？」

女房に聞いた。

「徳平さんに身よりはありませんよ。どこだったか遠いところからこの江戸に連れて来られて女郎宿《じょろう》などで働いていたらしいですよ。でも歳がいって役に立たないって追い出されて、それでこの長屋にやって来て、だるまを作って暮らしていたんです」

辰吉は熱心に帳面に書き付けている。

「だから寂しがり屋でさ、三日前だったかお客人を連れて来たのさ」

「何、どんな客人だ」

「端布《はぎれ》を買いに柳原《やなぎわら》土手の出店に行った時に、宿代がないって困っていたから連れて来たんだって……そうですね、一人は四十も半《なか》ばで目が鋭《するど》い男で、そうそ、頬に傷の跡がありましたね。そしてもう一人は三十前後ってとこかしらね、二人とも人相の良くない男でさ。私、その二人が徳平さんを殺したんじゃないかって思ってるの」

「二人の名前は聞いていないのか」

「ええ、徳平さんは時々、見ず知らずの旅人を連れて来て泊まらせてあげてたからね。一緒に酒を呑《の》むのが楽しみでね。だからお客を連れて来ることなんて、珍しいことではなかったんですよ」

女房は目を丸くして言った。

「ちょっと待て、お前は先ほど話を聞かせてくれと言った時に、今話したようなことはひとつも言ってくれなかったじゃないか」

工藤は女房を咎《とが》める顔になった。

「だって旦那は、最初から、これは殺しなんかじゃない。病《やまい》で突然息を引き取ったんだろうって言ったでしょ。だからこんな話をしても無駄かしらと思ったんですよ」

女房は頬を膨《ふく》らませた。すると背後に集まっていた長屋の親父連中が、

「そうともよ。あっしたちが、ちゃんと調べてくれって強く言ったから、番屋の者が、それじゃあって立花さまを呼びに行ったんじゃねえか」

怒りを交えた声で叫んだ。

「うるさい奴らだ。松助、おっぱらえ、邪魔だ」

工藤は癇癪《かんしゃく》を起こしたが、

「工藤さん、皆の協力がなければ下手人《げしゅにん》を捕まえることは難しいぞ」

平七郎の諫言《かんげん》にしゅんとなる。

平七郎は、隣の女房に、徳平は金を残していたか訊いた。

「ええ、葬式代を残しておかなきゃってね。そこの水屋の味噌壺《みそつぼ》の中に蓄《たくわ》えていましたよ」

秀太と辰吉が、すばやく味噌壺を探して中を確かめるが、一文も残っていない。

「おかしいな、徳平さんは、何両も蓄えていた筈《はず》ですよ」

女房は首をひねり、

「やっぱりね、二人は盗ったに違いないんだ。あたしは見たんだ。若い方の男が、そこの井戸で体を拭《ふ》いていたんですよ。夜だったから、手燭《てしょく》を井戸の蓋《ふた》の上に置いてね。その手燭の光が、男の左腕の、あれはとかげだったと思うけど、彫り物を照らしていたんだ」

「まことか……」

平七郎は険しい目で女房を促した。

「ほんとうです。あたしが見ているのに気付いて、すぐに袖の中に腕をひっこめたけどさ。なんだか、薄気味悪いな、よくもあんな悪相の者たちを連れて来たもんだとあきれていたんですよ」

三

その日、平七郎は筆頭与力、一色弥一郎《いっしきやいちろう》に呼ばれた。

一色は、平七郎が定町廻りだった頃の元上役である。

元上役が筆頭与力にまで上り、配下にいた平七郎が橋廻りに飛ばされたのには訳がある。

当時平七郎は、ある盗賊一味を探索していた。

一文字屋おこうの父親である総兵衛は、その盗賊の一味の居場所を突き止めて北町奉行所に知らせてきた。

平七郎はすぐに捕り方たちを差し向けるよう一色に上申したのだが、一色は動かなかった。

その間に総兵衛が盗賊たちに襲われて、平七郎が現場に駆けつけた時には、既に総兵衛は虫の息、まもなく事切れてしまったのだ。

盗賊は総兵衛が残した記録によって全員捕縛されるのだが、手柄は一色が取り、総兵衛の死の責任は平七郎が負わされたのだった。

その事件が、二人の明暗を分けている。

通常なら平七郎を呼びつけたりできぬのが人の道というものだろうが、一色はまるで頓着《とんちゃく》のないように振る舞うばかりか、近頃では平七郎の自分への献身に甘えきっている。

だから平七郎も、時々ちくちく言ってやるし、自分が探索している事件で一色を動かせば情報も入ってきやすい案件については、逆手にとって一色を有無を言わさず動かすこともある。

「何かご用でございますか」

一色のいる部屋の前の廊下で尋ねると、

「入れ」

一色は手招きした。

部屋の中には、焙烙で何かを炒る香ばしい匂いが立ちこめている。

「なんだか分かるか、これ？」

一色は炒っている大きなどんぐりのようなころころした物を指した。いや、どんぐりといっても大どんぐりで、しかも柔らかそうだった。

「………」

平七郎が何かなと首を傾《かし》げると、

「お前は、何にも知らないな。それじゃあ嫁の来てもないぞ」

親身ごかしに嫌みを言ってから、にっと笑って、一粒箸《はし》で摘《つま》み上げ、

「食ってみろ、旨いぞ」

平七郎の方に突きだした。

「いいですよ、昼は食べてきましたから……」

「遠慮するなって」

「別に遠慮はしていませんが」

「だったら食え、命令だ！」

一色が癇癪を起こしそうになったところで、平七郎は掌《てのひら》にその粒を置いてもらって食した。

「どうだ……」

一色は平七郎の顔を得意げな表情で覗く。

「はあ、おいしいです。ほくほくしてます」

平七郎はいいながら、これはなかなかいけるな、酒の肴《さかな》にもいいなと思ったが、あんまり褒《ほ》めると癖《くせ》になると思い、抑揚《よくよう》の無い声で応《こた》えた。

「だろう、だろう。何の粒だか当ててみろ」

「私には見当もつきません」

するとー色は、目をきらきらと輝かせて、

「これはな、山芋の蔓《かずら》にできる零《む》・余《か》・子《ご》というものだ」

得意顔で言う。

「ああ……」

平七郎は思い出した。

そういえば何時《いつ》だったか、炊き込みご飯にして母が出してくれたような――。

「調理法はいろいろあるがな、私はこれを、さっと茹《ゆ》でてから、これで炒っておるのよ。皮が十分に炒れたなと思ったら、塩をぱらぱらと振ってな、それでできあがりだ。人によっては油を使った方が良いというが、私はこのからっとしたのが好きでな。ここ三日毎日食ってる」

一色は、ふうふういいながら、次々と口に零余子を入れて食べる。

あれよあれよという間にいくつも食べる一色を、感心して見ていると、一色は零余子を口に入れたまま泣き出したのだ。

「一色さま……」

今日はいったい何の用で呼ばれたのかと、いらいらし始めていた平七郎は、驚いて声を掛けた。

「幼い頃の、友達に嵌《は》められて悔《くや》しかったことを思い出したんだ」

と一色は言う。

「一色さまが嵌められて悔しい思いをされたことがあるんですか」

平七郎はあきれていた。一色は平七郎を踏み台にして筆頭与力に上った男ではないかと思ったのだ。

だが一色には、自分の行いに気付く力がないらしい。

零余子でいっぱいの口の中を見せて、

「あるよ、お前だってそうだろうが、私だって幼い頃は可愛らしかったんだから……」

零余子を、ごっくんと飲み込んでから、歯をきりきりと悔しそうに噛《か》んでみせる。

平七郎は頷いてやるほかなかった。

「これは誰にも話したことがない話だ。これからお前に話そう。だが、お前、誰にも言うなよ」

口封じを約束させてから一色は話し始めた。

「あれは十歳の頃だったか、八丁堀の同心の倅《せがれ》二人と鉄砲洲《てっぽうず》の波よけ稲荷《いなり》の藪《やぶ》の中に入って行った事があるのだ……」

三人は零余子を探しに行ったのだった。

その前日に遊び仲間が、鉄砲洲の稲荷で零余子をいっぱい採ってきたなどと自慢しているのを聞いたからで、三人は鉄砲洲の藪の中を懸命に探したが、なかなか見付けることが出来なかった。

そこで三手に分かれて探すことにしたのだが、四半刻（三十分）ほどして友達の一人が一色を呼びに来た。

「いっぱいあるぞ、こっちに来い」

その友達は、持ってきた袋に、もう半分ほど採っていた。

一粒も採っていない一色は、友達についていった。すると、もう一人の友達も、袋にいっぱい採っていて、

「弥一郎さんが採ればいいよ。あそこ、譲《ゆず》るよ」

優しいことを言って、すぐ近くの藪の中を指し、そこにいっぱいあるのだと教えてくれたのだ。

「ありがとう」

一色は、嬉々《きき》として藪に入った。

「あった！」

思わず声を上げるほど、零余子がびっしり蔓に付いているのが見えた。

一色が嬉々として、ぐいと一歩前に踏み込んだその時だった。足下に柔らかい物がぬめりっと触った。

「ぎゃっ！」

悲鳴を上げて飛び退《の》くと、一匹の大きな蛇《へび》が出てきたのだ。

友達は腹を抱えて笑った。二人は一色が蛇嫌いだということを知っていたのだ。知っていたからこそ蛇がそこにとぐろを巻いているのを知った時、一色に一杯食わせてやろうと思ったに違いないのだ。

なにしろ普段は、一色は与力の倅で、二人は同心の倅。子供の世界とはいえどうしても上下関係が出来ていて、いつもは一色のいうがままの二人なのだ。

蛇は、どうやらとぐろを巻いて冬眠に入ろうとしていたらしく、震えている一色に向かって来ることはなかった。

のろのろと近くの窪地《くぼち》に入って行ったが、

「私は肝《きも》を潰した。心の臓が止まるのじゃないかと思った程だ」

一色は思い出して悔しそうに言った。

「しかし嵌められたなんて大げさじゃないですか」

平七郎は笑った。

「そんな事はないよ。奴らは私が蛇嫌いだというのを知っていたんだからな……だから、そこの零余子は弥一郎さんにあげる、なんて言って、私を陥《おとしい》れたんじゃないか」

一色は思い出して、また腹が立ってきたようだった。

平七郎は苦笑して頷くと、

「しかしいったい誰なんですか、その同心の倅というのは……」

なんだか面白そうなので興味が湧いた。

「ふん、一人は養子に行った野村《のむら》だ。もうひとりは、今南町の奉行所にいる田崎《たさき》だ」

平七郎は笑いを嚙み殺した。養子に行った方は知らないが、南町の田崎という男なら見覚えがある。

一色は話し終わると、さすがに取り乱したことを恥ずかしいと思ったのか、

「そうだ、大事なことを忘れておった」

零余子を置いて文机の前に移動すると、

「他でもない。おぬしに頼みたいことがあってな」

与力の顔に戻って平七郎を見た。

平七郎は北町奉行所を出ると、役宅に急いだ。

今日はどうしても早く帰ってくるようにと、母の里絵《さとえ》から言われていた。

里絵は亡《な》くなった父の後妻で、平七郎が十五歳の時に立花家にやってきたのだが、以後平七郎を実の倅同然に心を込めて育ててくれて今日に至っている。

里絵に子は出来なかったから、近頃は特に平七郎を頼りにするようになっているが、四十七歳という年齢の割には若く見える。

父が亡くなった後も、立花家に踏みとどまって平七郎を育ててくれたことの恩は忘れたことはなく、嫁を決めるにしても、里絵の気持ちも汲《く》んでやらなければと思う平七郎である。

――それにしても……。

平七郎は、先ほど聞いた一色の話を思い出して、厄介《やっかい》なことになったと舌打ちした。

一色は、こう言ったのだ。

「半月前に、人足《にんそく》寄場から帰ってきた者が五名いるのだが、そのうちの一人が、これは寄場に送ってから分かったことだが、五年前に江戸を荒らした盗賊の、葛《かっ》飾《しか》の千五郎《せんごろう》の一味だったのだ……」

「ちょっと待って下さい。それなら覚えています。葛飾の白うさぎのことですね」

平七郎は、にわかに定町廻りだった頃の事件を思い出した。

葛飾の白うさぎというのは、決して忍び込んだ店の者を傷つけない、犯さない、そして掌大の紙に書いた白うさぎの絵を残していく盗賊だった。

しかも押し込む店は大店で、奪っていく金は三百両と決まっていた。

つまり他の盗賊に比べたら、無茶をしない、凶悪な事にも手を染めない盗賊だった。

だが、十両盗めば重い罪に問われる事を考えると、人を傷つけなくても三百両という金額は、決して許されるものではなかった。

江戸は盗賊も両方の指に余るほど毎年毎月出現している。

北町奉行所も火付け盗賊改め方も、当然昼夜必死で盗賊を追っかけている訳だが、江戸は広い。そう簡単に捕まえることができる訳はない。

そんな時、一人の男の訴えがあった。

その男は、向島《むこうじま》にある次郎《じろう》稲荷の堂に住み着いた与助《よすけ》とかいう男だった。

与助の話によれば、住み着いてまもなく、その稲荷は、賽銭《さいせん》を箱に入れて声を出して困り事や悩み事を訴えれば解決してくれるという評判が立ち、毎日多数のにわか稲荷信者がやって来るようになった。

近くに住む強欲な百姓が、稲荷に『次郎稲荷』などと名付けて、霊験あらたかなどと言いふらしたのがきっかけで、それを信じて信者はやって来る。

百姓は日が暮れる頃には賽銭を取りに来るのだが、稲荷信者がやって来るうちは百姓は堂に姿を現さない。

そこで与助は、賽銭や供え物をくすねて暮らしているのだが、たまたま気になる悩みを聞いたので、北町奉行所に届け出たのだというのであった。

「その者がいうのには、自分は白うさぎの手下の一人を知っている。その男は人情に厚い男で、自分も母親が病になった時に世話になった。だが、あの男のやっている事は悪いことだ。足を洗ってほしいんだが言い出せない。どうしたものだろうか……とそういう話だったんです」

と与助は言ったのだ。

すぐに一色の指揮の下《もと》、当時定町廻りだった平七郎は、皆で手分けして交代で次郎稲荷の堂に張り付いた。

すると五日目に、またその男がやって来たのだ。

平七郎たちは男を捕まえ、白うさぎの一味だという男の居場所を聞き出したのだ。

三日後に、平七郎たちは葛飾の白うさぎがとある宿に集まったのを確かめて全員捕縛したのだった。

頭《かしら》以下重い役を担っていた者は遠島《えんとう》、軽い者は江戸を追放されたのだった。

江戸を追放された者の消息は分かっていないが、遠島の者たちは、皆病などで亡くなったと聞いていた。

「すると、あの時、捕まっていなかった者がいて、その者が別の事件で人足寄場に送られていたということですか」

驚いて一色に平七郎が訊くと、

「そういう事だ。見張りをしていた浪人者がいたらしいんだ。これは当時、盗みに入る一味を偶然実見した者がいて、その者の話によるものだ」

「あの時、一網打尽《いちもうだじん》にしたと思っていたが、そうではなかったんですか……」

平七郎は落胆していた。そうならば平七郎たちの手落ちといってもいい。

「浪人の名は、佐島房次郎《さじまふさじろう》というらしい」

「佐島房次郎……」

「佐島を人足寄場に送ったのは、白うさぎの面々が処罰されてから一年もあとだった。奴は米沢町《よねざわちょう》の裏店に住んでいてな、白うさぎが捕まる前も後も、変わらず傘張りの内職をしておった。ところがある日、出来上がった傘を届けるため脇にかかえて両国橋《りょうごくばし》を渡っている時に、傘の頭が体に当たったとならず者に因縁《いんねん》を付けられて諍《いさか》いになった。手を出したのはならず者が先だったようだが、佐島は相手に傷を負わせてしまったのだ。それで人足寄場に送られたのだが……」

「すると一色さまは、佐島房次郎を捕まえて裁きを受けさせる、そういうことですか」

平七郎は問うた。

「いや、白うさぎの話は既に昔のことだ。別件で人足寄場に押し込まれ、お勤めをして御赦免《ごしやめん》になっているのだから、今更白うさぎに手を貸した罪でお縄にすることは難しかろう。奴の体を確保したい理由は、白うさぎたちが隠した金のありかを教えてもらいたいのだ」

「仮に捕まえたとして、吐きますか……吐けば白うさぎの一味だったって白状するようなものですよ」

「取引をするのだ」

「取引……」

「そうだ、教えてくれたら、昔のことは不問に付すとな……」

平七郎は大きく溜息《ためいき》をついた。

佐島なる者を捕まえるのも至難だが、口を割らすのも難しい。しかも本当に何も知らないかもしれないのだ。

だが一色は、金が見つかれば、今年の春に焼け出された町民たちに、もっと手厚い施《ほどこ》しが出来ると考えているようだった。

「盗んだ金がどこかにまだ眠っている筈だ。その金は元は盗まれた人たちの物とはいえ、金に名前が書いてある訳ではない。誰の物かは判定が難しい。しかも五年余も前のことだ。ならば、焼け出された者の手当に使ってもよいのではないかと考えたのだ。今は一文でも多く金が欲しいのだ。復興はまだ終わってはいない、道半ばだ。金があれば助かる」

一色は、もっともな話をしたのであった。

確かに非番もまもなくだ。探索できる時間は有る。有るが一度秀太と釣りにでも行こうかと約束していたのだ。

それが一色のお陰で、釣りどころか非番もすっ飛んでしまったと、平七郎は恨《うら》めしい気持をおし殺しながら、立花家の木戸門をくぐった。

四

「おかえりなさいませ。母上さまがお茶室でお待ちです」

玄関を入ると又平《またへい》が待ちかねていたように告げた。

平七郎は刀を置くと、着流し姿で茶室に向かった。

「！……」

なんと茶室では、奈津《なつ》がお点前《てまえ》をしているではないか。

奈津は一年も前のこと、北町奉行榊原主計頭忠之《さかきばらかずえのかみただゆき》の仲介で、平七郎の妻にどうかと言われた当人だ。

ところが奈津は、旗本八木忠左衛門《やぎちゅうざえもん》二千五百石の御大身の娘だと後に分かっている。

そうでなくても旗本と町奉行所の同心では、天と地ほどの身分差がある。冗談もほどほどにしてくれと言いたい程で、平七郎はその場で遠慮を申し出ていた。

母の里絵は未練があるようだったが、その後話は立ち消えになって久しい。

平七郎の方も、おこうとの事をどうするのか、そちらの決着もつけなければならず、奈津のことは頭から離れていた。

「平七郎どの……」

戸惑いを見せて立ったままでいる平七郎に、母の里絵は手招き、そしてそこに座れと命じた。

平七郎は母が指し示した座に座った。そして奈津のお点前を見詰めた。

落ち着いていて優雅なお点前だった。白くて細い首に整った横顔、張りのある締まった腰の線……御茶のお点前は、そういったその人の持っている人柄がにじみ出てくる。

よどみなく御茶を点《た》てる奈津の姿は、やはり平七郎の目には眩しく映った。

「あなたがいただきなさい」

奈津が御茶を点てると、里絵が平七郎の前に茶碗を置いてくれた。

「しかし、お作法は……」

平七郎は不調法だ。いらぬと目配せしてみたが、里絵はきっと睨んで、いいからいただきなさいと合図を送ってくる。

「では……」

平七郎は、仕方なく自己流で御茶を飲み干した。

「いかがでございましたか」

奈津が曇《くも》りのない顔で訊いてきた。

「はい、おいしくいただきました。ですが、どちらかというと、やっぱり酒の方がいいかな」

平七郎の言葉に、奈津はくすくす笑った。

「平七郎どの、奈津さまは今月から私のところにお稽古に参ることになりました」

里絵は嬉しそうに言った。

「ほう、母も喜びます」

と奈津に告げた後、

「それではこれで……」

平七郎は立ち上がった。

「待ちなさい、平七郎どの、あなた、これから奈津さまをお屋敷までお送りしてあげなされ」

母の声が飛んできた。

「えっ……お供の方やお迎えの駕籠《かご》があるのではありませんか」

「こちらに参る時には供を連れて参りましたが、先に屋敷に帰しました」

奈津は言った。

――もしや母が早く帰って来いと言ったのは、この事だったのか……。

平七郎は、まもなく奈津の用心棒となって供をする事になった。

「怒っていらっしゃるのですか」

八丁堀の役宅を出て、しばらく歩くと、奈津が体を寄せてきて訊いた。

「そういう訳ではありませんが、まずいでしょう。並んで歩いては……」

「かまいません。むしろ、皆さんに見ていただきたいのです、二人で歩いているところを……」

奈津は、平七郎の前に回り込んで立ち止まった。

じっと平七郎の顔を見詰めている。

「うおっほん……」

平七郎は取り繕《つくろ》って前に進もうと思ったのだが、奈津はじっと見詰めたまま言った。

「平七郎さま、私、嫁には行っておりません。私の心を支配した方がいるのに、他の人に嫁ぐことは罪だと思いませんか」

「…………」

「私、その方のご返事を……私を妻にするというご返事を、待っているのです」

平七郎は困った。だが、思い切って言った。

「身分というものがある。奈津殿は、八木家にふさわしい所に嫁がれる方が幸せというものだ」

奈津は、きっと見て言った。

「父上も私と同じ考えです。同じ武士ではありませんか」

「しかし……」

「心に決めている方がいらっしゃるのでしょうか……」

「！……」

「もしそうでも、私はひるみません。最後まであきらめません」

「奈津殿……」

困惑して平七郎が奈津を見詰めたその時、

「奈津さま、お迎えに参りました」

そこに女中一人と足軽が二人、あたふたして走って来た。

「迎えは良いと申したではないか」

奈津は不満の声を上げたが、渋々《しぶしぶ》迎えの者たちに傅《かしず》かれて帰って行った。

「ふう……」

思わず息を漏らす平七郎。

背後にくすくす笑う声が近づいて来た。

振り返ると、おこうだった。

「あのお方が奈津さまですね」

おこうは、平七郎の顔色を読むような目を送って来た。

「うむ、母に御茶を習いに参ったのだ」

「おきれいな方……」

おこうは、つい口走った。同時に胸の中に奈津に対する嫉妬《しっと》のような物が一瞬だが膨らんでしぼんだ。

「何かあったのか」

平七郎は話をそらした。

「ええ、竜閑橋の女将さんの話、刷り上がったのでお見せしようと思いまして……」

おこうは、一枚の読売を平七郎に手渡した。

「ほう、女将に話を聞きに行ったのだな」

「はい、平七郎さまと平塚さまの名を出させていただきました。ですから女将さんもこころよく話して下さって……」

「そうか、じっくり読ませて貰《もら》うぞ」

「ありがとうございます」

おこうはにこりと笑うと、仕事があるので今日はこれで、と断りを入れ、すぐに引き返して行った。

「並んで下さい。もうしばらくお待ち下さい！」

竜閑橋北詰にある紅葉屋は、連日大勢の人たちが押し寄せるようになった。

一文字屋が出した読売が功を奏したらしく、店の前には二十人、三十人と長い列をつくる日も珍しくなくなった。

ただ客には多少年齢の偏《かたよ》りがあった。

中年、高年の男たちの顔が目立った。

「気立てが良くて美人の女将だっていうじゃねえか。そりゃあ確かに大年増《おおどしま》といえねえこともねえが、そんな事は問題じゃねえ。ここの女将は、お国は大和《やまと》だっていうじゃあねえか。それがつまらねえ男にひっかかって苦労したあげくに、この江戸に出てきて、店をこれだけにしたんだからな」

職人風の中年の男は、紅葉屋の暖簾《のれん》と賑わう店の中に視線を投げて後ろに並ぶ男の相槌を誘った。

「そうか、あんたも、読売を読んで来た口か」

後ろで相槌を打ったのは、これも中年の商人風の男だった。

職人風の男は言う。

「たいしたもんじゃあねえか。俺がここに並んだって、てえした力にはなれねえことは分かっているが、せめてよ、茶漬けのいっぺえぐらい食ってよ、頑張れっていう気持ちを伝えてやりたいじゃねえか、おめえさんを応援しているぜってね」

「そうです。私もそう思います」

商人風の男は頷く。

こちらも長い間待たされている訳で、退屈していたところに職人風の男が話しかけてくれたものだから、すっかり友達気分になっている。商人風の男は、さもお富と親しくなったような口調で、

「ここの女将は昔のことなど忘れちまったように明るくふるまっている。お客には愛想がいい。私のような者にもですよ、いらっしゃいませ、なんてにこにこして迎えてくれるんだから。かえってこっちの方が励まされてるって気分になっちまうんですよ」

自慢げに言った。

「聞き捨てならねえな」

職人風の男は顔を顰《しか》めた。

「おめえ、そう言うからには、今日が初めてじゃねえんだな」

聞かれた商人風の男は、

「はい、私は今日で五日連続……」

「五日連続……！」

「お得意先を回って、昼時にはここに来ているんです」

「ちぇ、そんな事で商売になるものか。それにだ、おめえさんの女房は、昼めしを持たせてくれねえのか？」

「そりゃ、つくってくれてますよ」

「じゃあそっちを食わなきゃ悪いだろ」

「ですから、昼前に食べて、昼過ぎにここに来る。するとここで長く待つのも苦痛じゃないですからね」

「ちぇ、冗談じゃねえぜ。いったいおめえさんの店はどこにある、どんな店だい」

「私の店は……」

言いかけて、商人風の男は、にやりと笑って、

「ところでそれを聞いて、どうするつもりなんですか」

せめてもの抵抗をみせる。

「決まってら。お前がいる店に行ってだな、店の旦那に告げ口するのよ。女房に教えた方がいいんじゃねえかって」

「お断りします。人のことをとやかくいうより、自分はどうなんですか。こんなところで道草くってていいんですか」

商人風の男はやり返す。

「なんだと、気にくわねえやろうだ、やるのか？」

拳《こぶし》をつくって喧嘩腰《けんかごし》になった。

「うるさいですよ、お静かに！」

背後から、女が叱る。

二人は睨み合って、それから顔を背けて黙った。

今度は女の小さな話し声が聞こえる。

「ほんに、女は男で決まるっていうけど、お富さんは、それを乗り越えて女手ひとつで、立派に娘さんを育ててきたっていうんだから、とても真似《まね》できない。感心よね」

言ったのは中年の町場の女で、一緒に並んでいる女と頷き合う。

「しかも、一両を恵んでくれた老人の恩を忘れずにいるっていうんだもの。読売には、その人に会ったら、本当に私、心の底からお礼を言わなくては……って書いてありましたよね」

相棒の女が言った。

読売に寄せた謙虚な言葉が、お富への好感を増し、いっそう店の繁盛につながっているのだ。

辰吉もあれから毎日のように店にやって来ては、

「お富さん、誰かから何か連絡があったかい……」

恩人の消息を心待ちにしているのだった。

今日も昼飯を食べついでに、辰吉は店の奥に陣取っているのである。

一文字屋の読売には、お富母娘を助けた老人の年齢や人相なども具体的に書かれていて、読売を読んだ者の中に、老人を知っている者がいれば、すぐに分かるに違いないのだ。

「辰吉さん、ありがとうございます。ご覧の通り、お客さんがたくさん来て下さって、一文字屋さんのお陰です」

お富は、客の相手の合間を縫《ぬ》って、辰吉にお礼をいうのである。

「まっ、一度で駄目なら、もう一度出してもいいんだ。名前が分かれば探すのもたやすいが、昔の話だ。その時にもういい年だったとしたら、こんなことは考えたくないが、ひょっとしてもう亡くなっているかもしれねえな」

「それならそれで、ご家族の方にお礼を申し上げたいと思っています」

「分かった、また来らぁ」

辰吉はお茶漬け代を置いて立ち上がった。

「あの、これはいただけません」

お富は銭を取って辰吉の手に渡そうとした。

「いや、勘定は勘定だ。主のおこうさんからも、きつく言われておりやすから」

辰吉はにこりと笑って、格好つけて店の外に出た。

「！……」

辰吉は、竜閑橋の南袂から、こちらを見ている笠を被《かぶ》った浪人の姿を見た。

――なんだ、あの野郎は……誰なんだ……？

思った途端、男は辰吉に気付いたのか、ふいに竜閑橋の袂から姿を消した。

辰吉は、裾《すそ》をめくると橋を走って渡った。

だが、橋を渡ったその時には、浪人の姿は行き交う人たちのどこにもなかった。

五

この日から北町奉行所は非番の月に入った。

非番と言っても取調は続いているし、小さな訴えや、かねてからの事件探索に携《たずさ》わるのは当番月と同じだ。

ただ、平七郎のお役の橋廻りについては、南町の橋廻りの役人が御府内を回ってくれるので、非番はまるまる休みとなる。

平七郎は朝食を終えると玄関に向かった。

だがすぐに里絵から呼び止められた。

「お出かけですか」

「はい、御奉行所に参ります。少し調べたいことがございますので……」

「そう……」

里絵は困った顔をした。

「何か？」

「水屋の棚をつくってほしいのですが……又平では気の毒で……腰が痛いと言っていますからね」

「今日でなくてはいけませんか」

「いえ、数日のうちにやって下されば良いのですが」

「分かりました。暇《ひま》をみてやります」

「よかった、じゃあお願いしますね」

その言葉に里絵はほっとして、機嫌良く平七郎を送り出した。

まず平七郎は、奉行所内の御赦《おんしゃ》掛り、撰要《せんよう》編集掛りの部屋に向かった。

ここは町奉行所の組織の中では、外回りや吟味《ぎんみ》をする外役とは違って、奉行所内で記録や調べ物などの仕事をする内役といわれる部屋である。

人員は与力が四人、下役の同心が八人いて、罪人の赦免、それに昔の記録などを編集している。

平七郎は、この部屋に顔を出すのは久しぶりだった。

黒鷹と呼ばれていた定町廻りの時代には、ちょくちょく顔を出して調べ物をしていたのだ。

まんざら知らない部屋ではない。

「よう……」

ふらりと入って行くと、

「平さんじゃないか」

まず親しそうに迎えてくれたのは、平七郎と同年の金子銀之助《かねこぎんのすけ》だった。

他の者たちも、頬に笑みを見せて平七郎を迎えてくれた。

「きっとやって来ると待っていたんですよ」

銀之助は言った。

「何故だ……」

「一色さまから言われていたんです。立花が来たら協力してやってくれって……」

銀之助はにやにや笑って、

「押しつけられましたね」

平七郎の耳元に囁いた。

苦笑して平七郎は頷くと、

「すまぬが、このたび、人足寄場を赦免になった佐島房次郎について知りたいのだが……」

「これですね」

銀之助は、机の下から一冊の綴《つづ》りを出し、

「一色さまからご指示があったものですからね」

にっと笑うと、今御茶を淹《い》れますからと茶器を引き寄せた。

「いや、いい」

平七郎は手を上げて断ると、部屋の隅にある閲覧机に、その綴りを広げた。

丹念にめくる平七郎の手が、ある所で止まった。

「…………」

食いいるように読み終えると、懐から懐紙を出してそれになにやら書き写したのち、綴りを銀之助に返した。

「役に立ったか」

問いかける銀之助に頷いた平七郎は、ところで、と懐かしそうな顔になって、

「おぬし、行っておるのか?」

竹刀《しない》を構える所作をした。

銀之助は平七郎と同じ道場に通っていたのだ。もう昔の話になってしまったが、会えば懐かしい思い出が蘇《よみがえ》るのだ。

「いや、忙しくて……平さんは？」

平七郎に訊き返す。

「俺も忙しい。橋廻りは人手が足りんのだ」

「聞いていますよ。ここだけの話ですけどね」

ちらと同僚たちに視線を遣《や》ってから、

「定町廻りの工藤さんと亀井さん、どうやら今や厄介者扱いらしいじゃないですか」

くすくす笑った。

「探索には向いていないからな」

平七郎が言うと、

「一度こちらの上役に打診があったようなんですよ。面倒みてくれないかって……」

平七郎は苦笑して頷いた。

「でも断ったって言ってましたね、それも即座に。うちは遊ばしておく余裕はないんだって、士気に関わるからいらないって」

銀之助は笑って言ったが、

――あの二人も哀《あわ》れなもんだな……。

どこでどう間違って定町廻りなんかに配属されたのか知らぬが、役立たずだと言わんばかりに、あちらこちらで噂されて、まさか知らぬ訳でもあるまいにと思った。

「平さん、水くさいじゃないですか」

奉行所の外に出ると、秀太が正門横の腰掛けから立ち上がった。

「どうしたのだ」

「どうしたはないでしょう。釣りには何時行くのかと役宅に立ち寄ってみたら、お母上が調べ物があると出かけて行ったって……」

「すまんな、釣りには行けなくなったんだ」

「一色さまに何か頼まれたんですね、私にも手伝わせて下さい」

秀太は真剣な顔で言った。

「いいのか……」

「いいに決まってます。これまで何でも一緒にやってきたではありませんか」

秀太は口をとんがらせた。

「分かった、おぬしに手伝ってもらえれば俺も助かる。一緒に来てくれ」

平七郎は言い、北町奉行所を後にした。

「えっ、やはり佐島の旦那はご赦免になったんですか」

米沢町にある長屋の大家は、驚いたようだった。

「すると、ここには顔を出していないというのだな」

平七郎は訊いた。

「はい、ご赦免になるのでしたら、私は引受人になっても良いと考えておりましたが、やはりこちらには帰ってきませんでしたね」

「あの事件は、佐島の方が因縁をつけられた事が原因だったんだからな」

平七郎の言葉に、大家は深く頷くと、

「佐島の旦那は人を傷つけたり、悪いことをするような人ではありませんでした。それは長屋のみんなが感じていたことです」

佐島が盗賊白うさぎの見張り役をしていたなどという事は、大家も長屋の者もしらないようだった。

大家は言った。

「私も長屋の者たちも、帰ってくれれば気持ちよく受け入れたと思います。ですが旦那は、一度も顔をみせなかった。まあ旦那にしてみれば、気持ちがね、進まなかったんでしょうね」

大家は、自分で言って自分で頷いた。

「傘張りの内職をしていたらしいな」

「はい、感心なのは、佐島の旦那は、当時隣の家の婆《ばあ》さんの面倒を見ていたんですよ」

「ほう……」

平七郎は、大家が指し示す長屋の戸を見た。

今は戸が閉まっているが、誰かが住んでいるのは確かなようだった。

「婆さんはお米《よね》という人だったんですが、最初佐島の旦那がここの住人になった時に、鍋《なべ》や布団《ふとん》などなんだかんだと、世話してやったんです。その恩を佐島の旦那は感じていたのでしょうね。婆さんが病の床《とこ》につくと、家賃だけでなく、薬代だ医者代だと出してやっていましたからね」

平七郎は、秀太と顔を見合わせた。

「まるで母親のように接していましたけど、人足寄場に送られる少し前にお米婆さんは亡くなりましてね」

「ひとつ聞きたいのだが、お米婆さんが病に臥《ふ》している頃のことだが、佐島の所にやって来ていた者を覚えているか？」

平七郎は、白うさぎとの関わりが気になった。

「いいえ、私は知りません。つい最近でしたら、人相の良くない男二人が、佐島の旦那はいないかって尋ねてきましたけどね」

「何……その二人の名は聞いていないか？」

「名前は知りませんが、石川島《いしかわじま》で一緒だったと……」

「人足寄場の事ですね」

秀太が言った。

「一人は若く三十前後だったと思いますが、もう一人の男は四十はいってましたな。頬に傷がありました」

大家は思い出しながら教えてくれた。

秀太が驚きの声を上げる。

「平さん……」

「うむ……」

平七郎は頷いた。

数日前、本銀町のだるま長屋の、徳平爺さんが殺されたが、その時に長屋の女房から出た話の中に、四十半ばの男と、三十前後の腕にとかげの彫り物のある男があったのだ。

「すると、佐島の国元は大和だと聞いているが、大和の者も訪ねてきたことはなかったのだな」

平七郎の問いに、大家は頷き、

「国を捨てた身だとおっしゃっておりましたから、どなたも……孤独な方でした」

しみじみと言った。

「すると、石川島から帰ってきた佐島が、今どこに暮らしているか見当もつかぬということだな」

「はい」

「そうか、邪魔をしたな」

平七郎は米沢町の長屋を後にした。

「ここでひとつ、整理をしておかなければならぬな」

平七郎は米沢町の蕎麦屋に入ると、懐紙を秀太の前に出した。

懐紙には五人の名前や、人足寄場に送られることになった事件などが書き付けられている。

銀之助に見せて貰った綴りを写したものだった。

「これは……」

秀太は、紙面の文字を見詰めた。

御赦免になった者は、佐島房次郎、又蔵《またぞう》、半之助《はんのすけ》、弥七《やしち》、そして徳安《とくあん》という坊主くずれの五人。

寄場に送られた訳は、佐島は相手の腕を折った罪、又蔵は強請《ゆすり》の罪、半之助はさる店の戸口を破壊した罪、弥七は賽銭を盗んだ罪、徳安は女に春を売らせて金を巻き上げていた罪。

その中で、又蔵は齢《よわい》三十、無宿者で、左腕にとかげの彫り物がある。また半之助は、四十七歳で頬に古い切り傷があると書いてある。

「平さん、又蔵と半之助は、だるま長屋の徳平爺さんの家に泊まっていた男たちではありませんか」

「そうだ、そして米沢町の長屋に出向き、大家に佐島が帰ってきていないか尋ねたのも、この二人に違いない」

「なぜ二人は佐島を探しているのでしょうか。まさか一色さまが平さんに言った、白うさぎと関わりがあった事を知って……」

秀太が首を傾げる。

「さてそこだ……」

――そうだとしたら……。

俄《にわか》に平七郎の胸中に不安が広がった。

六

「佐島房次郎と又蔵、それに半之助は同じ部屋でしたね」

人足寄場に張り付いている役人で、牧田《まきた》という男は言った。

「すると、三人は話もよくしていたという事ですな」

平七郎は訊く。

「同じ部屋ですからね。佐島は部屋の世話役でもあった訳ですから……」

牧田は視線の先で、荷車に木ぎれを乗せて運んで行く、水玉模様のお仕着せを着せられた人足たちを指をあごで指し、

「あの、花色に白の水玉模様の男が付き添っているでしょう……あれが世話役です。そして、荷車を押している男たち、柿色に白の水玉模様の連中ですが、あの者たちは平《ひら》の人足ですよ」

面倒くさそうに言った。

平七郎と秀太は、今日は石川島の人足寄場にやって来たのだ。

佐島房次郎の居所は杳《よう》として分からず、それならと又蔵、半之助の以前の住処《すみか》を当たってみたが、いずれも姿を見せてはいなかった。

佐島を探している又蔵と半之助は、だるま長屋の徳平爺さんを殺し、爺さんの蓄えていた金を盗って逃げた疑いがある。

定町廻りの同心工藤と亀井が、二人の行方《ゆくえ》を追ってはいるのだろうが、その後何か判明したという話も聞いてはいない。

いったい佐島と又蔵たちは、この石川島の人足寄場で、どんな繫《つな》がりを持っていたのか、平七郎たちはそれを調べに来たのである。

「三人と同じ部屋だった者から話を聞きたいのだが……」

平七郎の言葉に、牧田は分かったともなんとも口には出さなかったが、こっちに来いというように歩き始めた。

平七郎と秀太は付いていく。

牧田は歩きながら、

「細工部屋を案内しますよ」

と言い、見えてくる長屋のひとつひとつに立ち止まり、この長屋は、米舂《つ》き、こっちは左官、こっちは大工、他にも髪結い、煙草、螺鈿《らでん》細工、元結いなどいろいろあるのだと教えてくれた。

「へえ、ずいぶんいろいろとあるんですね」

秀太は感心しきりである。

「江戸払いの者や、ただの無宿者、これは逃散《ちょうさん》して江戸に逃げてきた百姓が多いのですが、そんな者までここに送られて来るようになりましたからね。今三百人近くに膨れあがっていますから、我々は大変なんです」

牧田はひとしきり愚痴をこぼした後、

「ここに入って来た者で、職を持っていた者は、その職で働くことになっておりましてな。そうでない者は、ここに用意してある職のうちから選んでもらって修業をし、手に職をつけてもらいます。働けば給金が貰えます。給金は仕上げた商品の三分の二の金額です。その金額を皆積み立てるのですが、その金額が十貫文に達した時、だいたい、大きな問題がなければ島から出られます……」

「すると、十日ほど前に島を出た者たちも、十貫文は持っていた訳ですね」

秀太が訊く。

「そうです、金を貯めれば島を出られる。だいたい三年は働かないと貯めることは出来ないのですが……まっ、それが励みになって人足は働くのですから……むろん中には無駄遣いをして、なかなか金の貯まらない輩《やから》もおりますからね」

牧田はだんだん無愛想な声から、得意げな声に変わって行く。

考えてみれば、そんなに大勢の監視をするのは、確かに疲れるに違いない。

島を脱走すれば、その者は死罪になるが、それでも目を離せば、脱走する者はいるのである。

「この部屋でした」

しばらく歩いて牧田が教えてくれた部屋には、寝子駄《ねこだ》という藁縄《わらなわ》で編んだ筵《むしろ》の上で、初老の平人足が横になっていた。

牧田が入って行くと、

「これは牧田さま……」

ふらりと半身を起こした。

「重蔵《しげぞう》爺さん、風邪《かぜ》の具合はどうだ……」

牧田が訊くと、

「へい、ずいぶん良くなりやした」

重蔵と呼ばれた初老の男は、申し訳なさそうに頭を下げた。

「この部屋には、常に三十人近く入っている。世話役は二人、その一人が佐島だったのだ」

牧田は平七郎に説明すると、

「爺さん、こちらのお二人が、佐島と又蔵、半之助の話を聞きたいそうだ」

そう言って、自分は近くにある木株を引き寄せて、そこに腰を掛けた。

「すまんな、具合が悪いのに……実は三人がこの部屋で、どんな話をしていたのか、それが訊きたいのだ」

平七郎は重蔵爺さんの前に座った。

「話ですか……」

重蔵爺さんは、少し頭を傾げて考える様子をみせていたが、

「そうさなあ、女の話が多かったかな。それと親兄弟の話、家族の話かな……まっ、最初にここに入って来た時には、何故送り込まれてきたのか、それを話さな

くちゃあならねえ、それは掟《おきて》だからな」

「ほう……」

平七郎は重蔵爺さんを見詰める。

「あっしが覚えているのは、三人ともだいたい同じ頃に入ってきたと思うんだが、又蔵も半之助も無宿人だった。小百姓の倅で欠け落ちして江戸に出てきた者らしかったな。それで、食っていく手立てがないもんだから、いろいろ悪いことをやっていたようだ。佐島の旦那は、国は大和で、次男坊だったものだから家を出て、好き放題をしているうちに勘当されたっていってましたね。女房というか、一緒に暮らした女子《おなご》はいたらしいが、その女子とは子供が生まれて一歳にならぬうちに別れちまったんだと言っていやした」

「その女子は今どこにいる……名前は聞いていないか……」

秀太が次々質《ただ》したが、

「いや、どこにいるかは旦那もしらねえっていってやしたよ。名前は聞いたと思うが忘れちまったな……」

重蔵爺さんは首を傾げる。

平七郎と秀太は顔を見合わせた。

爺さんにこれ以上訊いても、佐島や又蔵たちの住処や親しい者たちの名は、上がってきそうもなかった。

すると側から牧田が言った。

「とにかく三人とも引受人がいなかったのだ。そこで昔ここにいて、今は立派に店を構えている深川は今井町《いまいちょう》の材木商『山名屋《やまなや》』の主で治兵衛《じへえ》という者に引き受けてもらったんだがね。ここを出た時、一番先に礼だけは述べるように言ってあったから、山名屋なら三人の行き先は聞いているかもしれないのだが」

平七郎は頷くと、

「爺さん、大事にしろ」

立ち上がって長屋を出ようと戸口に向かったその時だった。

「あー！」

重蔵爺さんが大きな声を上げた。

びっくりして三人が振り返ると、

「お、思い出したよ」

爺さんが手招きして言った。

「いつだったか、又蔵があっしに耳打ちした事があるんだ……」

それは、仕事を終えて風呂に入っている時だった。

垢《あか》の浮いた汚い湯船だが、疲れた体をほぐすのには、風呂にまさるものは無い。

湯船につかっている重蔵の側に、又蔵がにやにやして近づいて来ると、

「爺さん、佐島の旦那は葛飾の白うさぎの話が出た時によ、顔色がかわったぜ。大きな声じゃあ言えないが、あの人はただの人じゃねえ、関わりがあったのかもしれねえ」

そう言ったのだ。

「馬鹿なことを言うもんじゃねえ」

重蔵爺さんは叱ったが、

「俺の勘に狂いはねえ。白うさぎは全員捕まったが、盗んだ金は出てきちゃいねえんだ。佐島の旦那は金の在処《ありか》を知ってるかもしれねえよ」

それで又蔵は、重蔵爺さんから離れて行ったが、

「あっしは後で又蔵を叱ってやったんですよ」

そこまで話すと、重蔵爺さんは皆の顔を窺《うかが》った。

平七郎が真剣な顔で頷くのを見て、重蔵爺さんは話を続けた。

「あっしは、ここに来るまでには、又蔵の何倍もの悪行をやって来ている。それは又蔵も知っていたからな、こう脅《おど》してやったんだ……又蔵、いいか、よおく聞け。佐島の旦那のお陰で、部屋の者は敷物一枚、飯の一杯も、不自由なく暮らせてるんだ。それは旦那がお役人に知恵を絞《しぼ》って掛け合ってくれているからだ。相談にも乗ってくれるし、体もいたわってくれる。憶測で妙な噂を流すんじゃねえぜ。もしおめえがそんな事を言いふらしていた時にゃあ、おめえ、この爺も黙っちゃいねえぜ……てね。それ以後その話は出なかったが……」

「…………」

平七郎は頷いて、秀太と顔を見合わせた。

「そこそこ、いいえ、もう少し上の方がいいかしらね……」

里絵は、棚付けをしている平七郎の横に廻り、後ろに廻りして、棚の位置を決めるのにうるさく口を出す。

「母上、この辺りで良いのではありませんか」

平七郎は板を壁にくっつけて、背後の里絵に訊いた。

棚はお茶室の水屋（茶器の用意などする部屋）に付けているのだが、これが終わったら、台所に使う薪割《まき》りもしなければならない。

いつもなら又平がやっていたのだが、腰を痛めて斧《おの》を使うことが出来ないのだ。

冬場に使う薪や柴や炭などの支度《したく》が遅れていて、里絵は気が気ではないようだ。

平七郎が割る薪は、ここ三日ほどの間に使う量だけで、後は又平が知っている薪割りの男にやって貰うことになっているのだが、それだけでも平七郎には負担だった。

佐島の居場所をつきとめられないまま非番も十日を過ぎている。

今日は秀太に頼んで、深川の山名屋治兵衛に話を聞いてきて貰う事になっているが、気持ちは焦《あせ》っている。

「平七郎殿、あなたは案外不調法ですね。橋廻りのくせに木槌を使ったことがないのかしら。私の方が釘《くぎ》打ちはうまいかもしれませんね、ちょっと、退《の》いて……」

里絵は、素早く襷《たすき》を掛けると、

「私が釘を打ちますから、あなたは板を持ってて頂戴《ちょうだい》」

なんと里絵は、芝居の中に出てくる、丑三《うし》つ時に藁人形を打ち付ける能面の顔をした女のように、コーン、コーン、と釘を打ち始める。

「母上、上手ですね」

お世辞を言うと、

「しっかり持って、ゆがんでいますよ」

平七郎を叱りつけ、

コーン、コーン、コン、コン、コン、コン……と打ち付け、最後にゴンと強く打った一打が、平七郎の人差し指を打ってしまった。

「イタタ!」

撥《は》ね上げるように板から手を放すと、

「ああ、ごめんなさい」

慌てて平七郎の指を両手に挟《はさ》み、思い切り力を入れて、ごりごりごりともんだ後、

「痛いの痛いの、飛んでいけ、飛んでいけ」

右手をひらひらさせて、何かを飛ばすふりをする。

「母上、大丈夫ですから」

「だって小さい時には、これで治ったんですから」

「いえ、本当に……」

「あら、でも血豆が出来てる」

里絵は呟《つぶや》くと、

「又平、又平！　薬箱を持って来て下さいな」

大声を上げる。

――これでまた時間がとられる……。

母上が大げさに騒ぎ出したら、なかなか収拾がつかなくなると困っていると、

「平さん……」

深川に行っていた秀太がやって来た。

一文字屋の辰吉も一緒だった。

「そこで会ったんです」

秀太が言い、指を押さえて顔を顰めている平七郎に、

「どうかしたんですか」

尋ねて辺りを見渡し、怪我《けが》をした事情は察したようだ。

「大丈夫だ。今この棚を付けたら、俺の部屋で話を聞こう」

平七郎が言ったその時、

「平七郎さま、棚も薪もこの時蔵《ときぞう》にお任せ下さい」

なんと三日先に約束していた薪割りの男を、又平が連れてきたのだった。

「で、どうだったのだ……」

平七郎は自室に入ると、火鉢《ひばち》を二人の方に寄せて訊いた。

「三人の行き先は分かりませんでした。ただし、落ち着き先が決まったら連絡してくれと言ってあるのだと治兵衛は言っていましたね」

秀太は無駄足になったと、少し落胆しているようだ。

「何、調べはこれからだ。それに、又蔵と半之助が、佐島の居場所を探している。二人は佐島房次郎が白うさぎとなんらかの繋がりがあったと睨んでのことだ。それが分かっただけでも、儲《もう》けものだ」

平七郎は慰《なぐさ》めた。

「平さん、あっしもひとつ気になっていることがあるんですが……」

辰吉は、秀太の報告が終えるのを待って言った。

「茶漬屋のことですが、このあいだ、茶漬屋から外に出た時に、橋のむこうから、茶漬屋をじっと見ていた男がいたんです」

「どんな男だ、爺さんじゃないのか」

「へい、最初人影を見た時には、お富を助けた爺さんが様子を見にやって来たのかと思ったんですよ。ですが、爺さんではなくて、浪人崩れだったんです」

「浪人崩れ……」

「へい、よれよれの着物を着た男でした。笠を被っていましたね。おかしいなと思って橋を走って行ったんですが、男は姿を消していました。こちらに気付いたようでした。あれからずっと、いったいあの男は何者なんだ、茶漬屋と何の関係があるのだと考えていたんですが、おこうさんが平さんの耳に入れておいた方がいいって言うものですから……」

「ただの客じゃないんだな」

「客なら店に来るでしょう……あの様子は、店を窺《うかが》っていたって感じだったんです」

「まさかとは思いますが、昔別れた亭主とか……」

秀太が言う。

「秀太さん、お富さんが昔所帯を持っていたのは大和なんだから、この江戸ではないんだから」

辰吉が言う。

「秀太さんだって……辰吉、お前はいつから俺になれなれしく言うようになったんだ。俺は材木屋の倅ではないぞ。北町の同心だ」

「いいじゃないですか、親しみを持って言っているんですから」

辰吉は苦笑いしてみせた。

「大和ねえ……」

平七郎が考えこむ。その時だった。

「一文字屋の浅吉《あさきち》でございます！」

玄関で大声がする。

「なんだってんだ……」

辰吉は立ち上がると、庭に降りて浅吉を連れて来た。

浅吉は瓦版《かわらばん》の摺《す》りを受け持っている男である。

「おこうさんの言伝《ことづて》です。お富さんの娘さんが拐《かどわ》かされたようです。すぐにお店に行ってほしいという事でした」

「平さん……」

秀太の顔が強《こわ》ばった。

七

紅葉屋は『休業』の紙を戸口に貼っていた。

行列のいない紅葉屋の店は異様に映る。

やって来た平七郎たちは、顔を見合わせると、休業の紙を貼ってある戸を開けて店の中に入った。

「平さん……」

おこうが店の奥の方から手招く。

そこには、お富と店の女たちが三人、若い板前が一人、神妙な顔で向き合っていた。

「いったいどういう事なんだ、女将、娘さんは誰に拐かされたというのだ……」

平七郎は皆の前に座るなり訊いた。

「見当もつきません。おみよは今日は、通新石町《とおりしんこくちょう》のお針のお師匠のところに行ったんですが、帰りに柳原通りのお店を見てくるんだと言って出かけました。お化粧道具とか敷物にする端布とか買うんだって言ってました。でも遅くても昼頃までには帰ってくるって……ところが、八ツ（午後二時）になっても帰ってきません」

「それであっしが、お針の師匠のところに行ってきたんですが」

板前の男が言った。

「ふむ、それで……」

「師匠は、四ツ（午前十時）には帰りましたというんです。おみよさんは師匠の家を出る時に、今日は柳原の店に寄るのだと話していたようですが、昼には帰る、帰って今日はおっかさんを手伝いますと言っていたというんでさ」

「柳原の店は……どの店に立ち寄ったかは分からんな」

秀太が尋ねる。

「柳原も端から端まで見てまわりやした。おみよさんが立ち寄ると言っていた化粧道具屋、端布屋には、いちいち、こんな娘は立ち寄らなかったかと訊いてみたんですが……」

板前は、首を横に振り、どこにも立ち寄った様子はなかったと言った。

「それで、拐かされたんじゃないかって話になって、もう店を開けておく気にはなれなくて早じまいしてしまったんですよ」

お富は、不安で強ばった顔で言う。

「……………」

平七郎は腕を組んだ。

――読売にお富の事が載ったことで、店は大変な繁盛になった。同業者でなくても、うらやむ人間がいても不思議はない。少し困らせてやりたい……そういう輩もいるだろうが、しかし拐かしまでする者がいるとは考えられない。

拐かしは重罪だ。露見すれば全てを失う。

平七郎は溜息をひとつつくと、組んだ腕を解いて言った。

「何か心当たりはないのだな……人に恨まれているとか」

「分かりません」

お富は、ぽつりと言った。

「自分では、人を傷つけるような事はしてきていないと思っていても、お金のない、赤子連れの私が、大和からこの江戸にやってきて、これだけのお店を持つまでには、人にはいえない程の苦労や無茶なことをしてきていますから……」

「お富さん……それはお富さんだけではないでしょう。大なり小なり、何かを成した人にはあるんじゃないですか」

おこうはいたわる。

だが、お富は力なく首を横に振ると、

「がむしゃらに生きてきたって言えば良く聞こえますが、阿漕《あこぎ》なこともしてきたんです。読売に載せていただいたような、私、そんな立派な女じゃありません」

その言葉に、皆お富の昔を覗くような気持ちになって、じっと見詰めた。

「私、この江戸に流れ着くまで、旅籠《はたご》で働かせてもらって、糊口《ここう》をしのいできたのです。お金が無くて、見知らぬ男の言うなりになったことも三度、あります。また、男が宿場の部屋に、うっかり忘れていったお金を懐に入れてしまったこともあります。おみよに、たっぷり乳を飲ませてやりたかったんです……でも、こんな薄汚いことをしてまで生きて行くのかと悩みました。そんな時に旅のご隠居さんから一両をいただきました。でも私は、その一両を使わなかったんです。手を付けなかったんです」

お富は、肌身離さず首に掛けていたお守り袋を取り出すと、皆の前に置いた。中から一両のお金を取り出した。

「これがその時の……」

おこうが驚いて、一両を取り上げる。

「これを使う時は死ぬ時だと、私その時誓いました。これを私のお守りとして、もう一度やり直してみようと思ったのです……」

お富の話を聞きながら、一両の小判は、おこうから平七郎に、そして秀太に、辰吉にと回されていく。

お富は、旅の老人から貰った一両で、人に恥じるような生き方は、もうしないでおこうと決心したというのである。

たまたま品川《しながわ》の宿で、蕎麦の屋台を出していた老夫婦が借金で行き詰まっているのを知って、その屋台を買い叩き、自分のものにしたのである。

そして大八《だいはち》を引く男を雇い、屋台を大八に載せ、三歳になっていた娘も載せて、江戸に入ってきたのだ。

「蕎麦の屋台から小体《こてい》な店に、そしてここに店を開く事が出来たのですが、今考えると、その時々で、相手の弱みにつけこんで買い叩き、店を大きくしてきたのです。その間に、どこで誰を傷つけてきたのか知れたものではありません」

お富は、話を終えると、深い溜息をついた。

「お富さん、でも今話を聞いた限りでは、娘さんを拐かすほどの恨みを買っているとは思えませんよ」

おこうが言った。

「あの……」

小女の一人が、思い出したように口を開いた。

「昨日のことですが、人相の良くない男が二人、店の中に入ってきまして、佐島房次郎って浪人は来ていないかって訊かれたんです」

「何……」

平七郎の目が、きらっと光って小女に向いた。

「どんな男だったのだ?」

秀太が訊く。

「はい、一人は頰に傷がありました。人相の良くない人でした。私が、そんな人は知りませんといいましたら、ここの女将は大和の出だろうと訊くんです。それはそうですけどって返事しましたら、だったら、佐島の旦那はここにやって来たんじゃねえかって……。私、恐ろしくて震えていました。そしたら笑って、怖がることはねえ、あっしらは佐島の旦那に世話になった者で探しているだけだと言い、また来る、などと言い残して帰っていったんです」

「二人の名前は、聞いていないのか」

「はい、恐ろしくて……」

「平さん、そいつら、又蔵と半之助ですよ、きっと……でもなぜ二人がこの店に、佐島を探してやって来たんですか。佐島は確かに、ここの女将と同じ国元は大和ですが……」

秀太が首を捻《ひね》ったその時、

「佐島房次郎……」

お富は呟いて、ふらりと立ち上がった。

「お富さん、佐島房次郎を知っているのですか」

おこうが訊いた。

「はい、佐島は……佐島は昔一緒に暮らした男《ひと》です。そして、おみよの父親です」

お富の言葉に、平七郎ほか一同は驚いてお富の顔を見た。

「まさか、房次郎さんがこの江戸で暮らしていたなんて、夢にも思いませんでした。しかも、人足寄場に入れられていたなんて……」

お富は、平七郎が知り得た佐島房次郎の話に驚いた様子だった。

既に時は六ツ（午後六時）、板前も小女三人も家に帰して、店の中には平七郎と秀太、辰吉とおこうの四人が、お富を囲んでいる。

「お富、佐島が島に送られた原因は、先にも話したが佐島が悪いのではない。米沢町の長屋の大家に訊けば分かるが、当時佐島は、自分に親切にしてくれた婆さんの病を治してやりたくて傘張りに精を出していたのだ。だが、ならず者に因縁をつけられて寄場に送られた。運が悪かったとしか言いようがない」

平七郎は佐島を庇《かば》う言い方をした。むろん佐島が、白うさぎの見張り役をしたのではないかという疑いまでは話していない。

白うさぎの話は、当人の佐島を捕まえて訊いてみなければ、一色が言っていた話が本当かどうかは分からない。

房次郎がお富の亭主だったというのならなおさら、不確実な話を聞かせて、お富を悲しませたくなかったのだ。

「平さん、ここにやって来た二人が、人足寄場で佐島と同じ部屋にいた又蔵と半之助の二人だとしたら、読売を読んでここを知ったんですね、きっと……読売には、女将が房次郎と同じ大和の出だと書いてあったからな」

秀太が言った。

すると辰吉が、はっとして言った。

「平さん、するとこのまえ、橋の向こう側から、この店を見詰めていたのは……」

平七郎は頷いて、

「佐島房次郎かもしれんな。ということは、又蔵と半之助の勘は鋭いという事だ」

「ところが、この店の者は佐島を知らなかった。佐島も姿を現していないことが分かった。手がかりを失った又蔵と半之助が、最後の手段に、おみよちゃんをさらっていった……目的は、佐島の旦那の居場所を知りたいがため……」

おこうが考えながらそう言った。

だが平七郎は、

「ただ、決めてかかってはいかん。決めつけは目を曇らせる。これからひとつひとつ確かめていくしかない」

「あの……」

お富が訊きにくそうに、平七郎の顔を見た。

「立花さま、おみよを拐かしてまであの人を探す理由って、いったいどういう事なんでしょうか……寄場で一緒だった、それだけの理由ではないのではありませんか。立花さまは私に何か隠してはいませんか……本当のことを言って下さい」

お富は、険しい顔で訊いた。

「ふむ」

平七郎は返事を一瞬迷った。

だが、真剣なお富の顔を見て決心した。

「お富、実はな……」

平七郎は、一色から聞いた話をかいつまんでお富に話した。

「なんてことなの……そんな人じゃなかったのに」

お富は信じられないようだった。

「お富、長屋の婆さんの薬代を捻出するためだったとすれば、ありえない話ではないと俺は思うぞ」

「私が、あの人を、そんな風にしてしまったのかもしれません」

お富は言い、昔の房次郎を語り始めた。

「あの人は、大和の国の高田《たかだ》藩二万石の武具蔵奉行二百石の次男坊だったのです……」

それも外腹《そとばら》の子であった房次郎は、将来を悲観して家を出、長屋暮らしをしながら糊口をしのいでいた。

二万石の小藩の二百石どりの武家の次男坊など、養子の口は難しい。

皆家で飼い殺し同然に、厄介者扱いされて、日の当たらないところで中間《ちゅうげん》のように一生過ごさなければならない。

房次郎は、そういった世の仕組みに反発したのだった。

お富と知り合った頃、房次郎は武士を捨ててもいいと決心し、暮らしを町場に移し、いろいろと町人の仕事を試していた。

お富はその頃、小料理屋の仲居をやっていて、同じ長屋の一人暮らしの房次郎に心を惹かれて、小料理屋で貰ったお菜を、房次郎に届けていた。

やがて二人はいい仲になり、腹に子が出来た。

何をやってもうまくいかない房次郎は、だんだん暮らしが荒れていく。

酒を飲み、博打《ばくち》場にも足を運ぶようになる。

腹に子が出来たお富が、しっかりしてほしいと注意をすると、手を上げるようになった。

やがて佐島家から使いが来た。屋敷に帰ってくるようにとのことで、その理由は、長男が病弱で心許ないという事だった。

だが意地になっていた房次郎は、いう事を聞く筈もない。

すると佐島家は、房次郎が家に戻らないのは、お富がいるからだと決めつけて、お富を呼び出して別れるように迫ったのだ。

お富はそれで決心した。

——この人と一緒に居てはいけない。

房次郎も駄目になるし、自分も子供も駄目になると……。

お富は、房次郎が出かけて行ったのを見届けて、生まれて十ヶ月余のおみよを連れて、長屋を出たのだった。

「別れることが二人にとって最善だと、私、その時は思ったのです。私がいなければ、房次郎さんは屋敷に戻れると……しかも、出来るだけ遠くに行かなければと……」

お富に頼れる身内の者はいなかった。

両親には死に別れていたし、実家は弟が継いでいたが、貧しい小百姓で女房を貰ったばかりだった。

「弟にも頼ることはできなかったんです」

お富は話し終えると、寂しげな表情を見せた。

八

紅葉屋の板前要助は、堀江町《ほりえちょう》一丁目の裏店の中程にある家の前で戸を遠慮気味に叩いた。

「旦那、ごめんくださいやし。要助《ようすけ》でございやす」

すると、すぐに戸が開いて、四十過ぎの浪人が顔を見せた。

「佐島の旦那、お知らせしたい事がありやす」

要助は言い、木戸の方に注意を払った。

佐島の旦那とは、あの佐島房次郎の事だ。

「すまんな、入ってくれ」

佐島の勧めで、要助はするりと中に入った。

「上に上がってくれ、今お茶を淹れる」

佐島はそう言ったが、

「旦那、結構です。ここに来るのも、あっしにとっては辛《つら》いことです。女将さんを裏切っているようで……」

要助は、上がり框《がまち》に腰を掛けた。

「すまん、お前には申し訳ないと思っている」

佐島は頭を下げた。

七日ほど前のことだ。

紅葉屋の店を閉めて外に出て、鍛冶町《かじちょう》の裏店に帰るために竜閑橋を渡った要助は、薄闇《うすやみ》から声を掛けられた。

ぎょっとして振り向くと、浪人が立っていた。

——辻斬《つじぎ》りか。

と思った要助は、

「あっしは金は持ってねえぜ」

慌てて言った。すると、

「紅葉屋の者だな」

浪人は念を押してくる。

「そうだが……」

要助は、足下に転がっていた棒を摑《つか》んでいた。

「まあ待て、俺はお前の命も金も狙って待っていたのではない。頼みたいことがあって待っていたのだ」

と言い、そこの飲み屋で話したいことがある、そこならお前も安心だろう、そう言って佐島は要助を誘ったのだ。

そしてその店で、要助は佐島から、昔お富の亭主だったことを告白されて、娘のおみよの事を尋ねられたのだった。

佐島は、読売を読んで、紅葉屋がお富の店だと知ったのだ。

懐かしくて会いたかったが、おめおめと二人の前に顔を出せるような人間ではない。

そこで店の誰かにお富と娘のことを訊いてみようかと考えていたというのであった。

「そういう事なら、自分でお店に顔を出した方がいいんじゃねえですかい」

要助が突き放すようにそう言うと、

「俺は、ついこの前まで人足寄場にいた者だ。お富とおみよの前には出られないのだ……分かってくれ」

佐島は苦悩の表情で頭を下げたのだ。

要助は頷いた。実は要助も、父親とは長い間会ってはいなかった。

「旦那、あっしの父親も、あっしが十歳の時に、ふらりと家を出たきり帰ってきませんでした。博打が好きだったんです。あっしは母親から、おっとうはどこかで喧嘩して、殺されちまったに違いない、もう忘れろって言われました。それからは、親父のようにはなりたくないと必死で包丁の修業して、今じゃ紅葉屋に板前として雇ってもらっている身の上です。でもやっぱり、自分たちを捨てていった父親とはいえ、心のどこかで会えるものなら会ってみてえ、そう思い続けてきやした……旦那の気持ちは分かりやす」

要助はそういうと、お富の女将ぶり、おみよの母親思いの様子などを佐島に話してやったのだった。

別れ際に、佐島は自分の所を告げて、何か役に立てることがあったら言ってくれと、要助に言ったのだった。

おみよが拐かされたかもしれないと知った時、要助は真っ先に、佐島に知らせてやらなければと考えたのだった。

「何、おみよが誰かに拐かされた……」

佐島は顔を青くして言った。

「女将さんは心当たりがないようです」

「では誰が……」

「ひとつ、妙な男たちが訪ねてきたことがあると分かったんです。あっしは板場におりやしたから気がつかなかったんですが、小女のおつねという子が言ったんです。怖い顔をした人がやって来て、佐島の旦那は、ここに来たんじゃないかって尋ねたと……」

「何、俺を探している……どんな奴だったんだ？」

「一人は頬に古傷があったと……」

「あいつ！……」

佐島は怒りの声を上げた。

「心当たりがあるんですね」

佐島が頷くと、

「北町のお役人は、その者たちがおみよさんを連れ去ったんじゃないかって言っているんですが……」

「要助、すまぬが、もし拐かしの張本人から何らかの連絡があったその時には、俺に必ず連絡してくれぬか」

「分かりました、それじゃあこれで……」

要助は腰を上げると静かに出て行った。

「…………」

佐島は呆然《ぼうぜん》としていたが、刀を摑んで立ち上がった。

土間に降りるが、また上に上がって、どかりと座る。

いても立ってもいられないが、どうする事も出来ない。

——おみよを連れ去ったのは、奴らか……。

佐島の頭に、又蔵と半之助の顔が浮かんだ。

——生かしてはおけぬ。

佐島は憤怒《ふんぬ》の顔で空《くう》を睨んだ。

その脳裏に、若いお富が、赤子のおみよを抱いて乳を含ませている光景が浮かんできた。

お富が振り向いて佐島に何か言い、佐島も言い返して、刀を摑んで外に出た。

苦い苦い記憶だった。

そして、誰もいなくなった部屋で、呆然と佇《たたず》む佐島——。

佐島は、お富が家を出てまもなく、屋敷に無理矢理引き戻されたのだ。

だが、兄の体が回復し、兄嫁が男子を出産すると、再び屋敷の中で佐島は疎《うと》んじられるようになったのだ。

――俺が幼かった……。

佐島は屋敷に決別すると、噂を頼って江戸に出てきたのだった。

ひとりぼっちの佐島を支えてくれたのは、米沢町の裏店のお米婆さんだった。

その婆さんのために金が欲しい……そう思っていた時に、両国の飲み屋で声を掛けられ、一度だけ白うさぎの見張りをやった。

それが佐島の中で剝《は》ぐに剝げないかさぶたとなっている。

――今の自分の出来ることは……。

そっとお富とおみよを守ってやることだ。

佐島は苛立《いらだ》ちを抑えるように、台所の板の間に置いてある酒とっくりをひっつかむと、そのまま口に当てて乱暴に流しこむ。

「ふう……」

酒とっくりを摑んだまま座り込んだ佐島の目が、哀しみと怒りで光っていた。

翌日の昼前、平七郎は工藤豊次郎と亀井市之進を北町奉行所の同心部屋に呼びつけた。

「又蔵と半之助の居所って、何の事ですか……」

工藤は渋々やって来ると、平七郎の問いに困った顔をして答えた。

「だるま長屋の爺さんが殺されてからもうずいぶんと日がたっている。調べはどうなっているのだと訊いているのだ」

平七郎は容赦のない言い方をした。

「非番なのに呼び出して探索の話ですか」

工藤は、がらんとした同心部屋を見渡して不満げに言う。

「まったく、よくそれで定町廻りだなんて言えますね」

秀太が怒りにまかせて言った。

平七郎と秀太は、だるま長屋の爺さん殺しの解明が、どれほど進んでいるのか工藤に確かめたかったのだ。

そこで工藤豊次郎と亀井市之進を奉行所に呼び出したのだが、やって来たのは工藤だけで、それも着流しの暢気《のんき》な形《なり》でやって来たのだ。

しかも探索の進展を訊いてみたが、事件などなかったかのような受け答えである。

秀太が怒るのも無理はないが、さすがに工藤はむっとした。

「おい、若いの、誰にものを言っているのだ」

「決まっているでしょう。目の前にいる工藤さんにですよ」

「許せん、表に出ろ。先輩を侮辱《ぶじょく》したらどうなるのか知らしめてやる」

「待て！」

平七郎が大声を上げげた。

「秀太、止《や》めろ、言い過ぎだ！」

「平さん、そりゃあないでしょう、私は本当のことを言ったまでです」

秀太も歯をむき出して言う。

工藤はと言うと、平七郎が自分の味方をしてくれたと思って、にやりとして秀太の顔を見る。

「工藤さんはお前にとっては先輩だ。口を慎《つつし》め」

平七郎の険しい顔に、秀太は気圧《けお》され、ふくれっ面のまま、横を向いた。

「ふん、あやまってもらおうか。そうでなければ、こっちの気持ちはおさまらぬわ」

工藤が逆襲に出た。

「何言ってるんですか！」

怒りの口を開けた秀太の腕を、平七郎はぐいと掴んで工藤に言った。

「工藤さんも、みっともないですよ」

「何……」

工藤が今度は平七郎をぎらりと見た。

「良い機会だから言わせてもらいます。工藤さん、工藤さんは今そんな暢気な事を言っている場合ではないのではありませんか」

「た、立花……」

「非番も返上して探索し、きちっと自分が担った事件はかたづけなければならないのではありませんか」

「くっ……」

工藤は口を歪《ゆが》めて、平七郎を見た。

「はっきり言って、ひとつひとつ丹念に仕事をして成果を上げなくては、あなたも俺の二の舞、橋廻りになりますよ」

「平さん……」

秀太には、俺の二の舞などという言い方は不満だった。今や工藤と亀井は橋廻りでさえ受け入れられないと言われている筈ではないか。秀太の怒りをやりすごし、平七郎は工藤に言った。

「そうでしょう……だから俺も、この秀太も、これまでに何度も、あなた方の探索の手助けをしてきたではありませんか」

「立花……分かっている、おぬしの気持ちは有り難《がた》いとな」

「秀太だって、あなたが先輩として、しっかりやってほしいから、あんな事を言ったんだ」

「………」

「本来なら俺も秀太も橋廻りだ。探索にはまるきり関係ないところだ。だが見るに見かねて探索に手を貸しているのだ」

「分かった、分かったから、もう言うな……」

工藤は、泣き出しそうな声を出した。

「！……」

驚いた秀太と平七郎が顔を見合わすと、

「おぬしのいう通りだ。俺に、今手をさしのべてくれるのは、お前たちだけだ」

工藤は、ちんと鼻を擤《か》む。

「工藤さん……」

「実はな、立花。俺も亀井も、上から言われているんだ。今年の仕事ぶりを見て、倉庫番に回すぞと……」

「倉庫番……そんなお役があったのか」

平七郎が言う。

「とにかく、橋廻りでさえ受け付けぬと返事が来たと言われている。立花、お前の言うとおりだ。すまん、俺に命じてくれ。どうしたらいい？」

平七郎も秀太もこれには唖然《あぜん》としたが、だるま長屋の爺さんを殺した者は、二十日ほど前に人足寄場を赦免になった又蔵と半之助らしいことを教えてやった。

その上でその二人が、竜閑橋袂の紅葉屋の娘を拐かしているかもしれぬ事も話した。

「だから二人の居場所をつきとめねばならぬのだ」

工藤は、じっと聞いていたが、

「すまぬ」

頭を下げた。

「何も分かってないのか」

平七郎が訊く。

「そうだ、自分なりに探索してみたんだが、まるっきり分からぬのだ」

工藤は、泣きそうな目で平七郎を見返すのだ。

するとそこへ、釣り帰りの格好で、釣り竿《ざお》を持ち、魚籠《びく》をぶら下げた亀井市之進がやってきた。

「なんだよ、いったい……何の用なんだ」

暢気な顔で、皆の顔をきょろきょろと見回す。

「亀井さん……」

工藤は手招きすると、平七郎の視線に怯《おび》えるような目を泳がせながら、亀井に耳打ちをする。

「何、人足寄場にいた者だと……」

亀井は驚いた様子だった。

更に工藤がなにやら亀井に耳打ちすると、亀井も最初は、耳は工藤に貸していても、その目は平七郎を鋭く睨んでいたのだが、だんだん視線を下に落とし、やがて叱られた犬のように上目遣いに平七郎を見た。

平七郎は亀井に言った。

「工藤さんが話した通りだ。亀井さん、あんたも釣りどころではないだろう」

亀井もしゅんとなる。

「まあいい、よく考えることだな」

平七郎は、大きな溜息をついた。疲労感がどっと押し寄せてきた。

「秀太、店に行こう」

立ち上がったその時、辰吉が慌ただしく入って来た。

「どうした！」

「身代金の要求が来ていたんだ。それも一文字屋に、店の中に夕べのうちに投げ込まれていたようだ」

「何……」

平七郎は北町奉行所を走り出た。

秀太と辰吉も続いた。

なんと工藤も続いた。

亀井も、釣り道具をうち捨てて、平七郎の後に続いた。

九

お富は、平七郎が差し出した身代金を要求した紙を見て仰天《ぎょうてん》した。

その紙には、

『この文を、明日よみうりで出せ』

とあって、続いて、

『もみじやのおかみにつぐ。むすめに会いたければ、三日後の昼の八ツ、せんそうじのときのかねに佐島ふさじろうをよこせ。さもなくばおかみが三百りょうの金をよういして持参しろ。いうとおりにしないとむすめがどうなるか分かっているな』

そして最後に『くろうさぎ』とあった。

脅迫の文字は、ほとんどひらがなで書かれてあった。

「これは……」

「ふざけた野郎だ、黒うさぎだなどと……」

秀太が怒る。

「私は、あの人が、どこにいるのか知りません。それに、うちに三百両などという大金があるわけがありません。蓄えていたお金は全部はたいて、ここに店を持ったばかりです。三十両、いえ、二十両だって用意するのは無理でございます」

お富は、おろおろして、平七郎に訴えた。

そんなお富を囲んで、平七郎、秀太、工藤に亀井、そしておこうに辰吉が首を揃《そろ》えている。

亀井が首を捻って言った。

「立花さん、しかしなぜ、こんな脅迫の紙を、一文字屋に投げ入れたんだ。これは大々的に衆人に知らせろと言っているんじゃないのか……ふつうこの手の文は、家族に人知れず直接送りつけてくるものだ。それも誰にも知らせるなと念をおしてな……」

「その通りだ。だが今回の場合は、大々的に広めてほしいということだろうな」

平七郎は言った。

するとおこうも頷き、

「私もそう思いました。紅葉屋の女将さんの苦労話立身話は、うちの読売でやりました。すごい反響でした。それで今度も、この要求の文を読売でやれば、佐島房次郎をおびき出すことが出来る、そう考えてのことでしょうね」

工藤と亀井は顔を見合わせて、まだきょとんとしている。

「やっぱり、奴らの狙いは、佐島房次郎か」

秀太が膝《ひざ》を打った。

ようやく工藤と亀井は、ああっという顔で頷いた。

「やつらの第一の狙いは、おみよを人質にして佐島をあぶりだす事だ。佐島を捕まえて、多額の金を手に入れる算段だ。奴らは、おこうが言った通り、読売の効果がどれほどのものか良く分かっている。佐島が読売を読めば、きっと動くと睨んでいるのだ。また、万が一、佐島がこの江戸を払っていて、読売の効果がなかった場合には、女将から金を巻き上げる魂胆《こんたん》だ」

平七郎が言った。

「しかし、ずいぶん大胆な話ですよね。読売に載せれば、町奉行所にも知れる」

秀太が思案の顔で言う。

「確かにそうだが、奴らもおみよを拐かした以上、命を賭《か》けている。佐島を血《ち》眼《まなこ》になって探してみたが見つからなかった。最後の手段だと暴挙にでたのだ、読売を使うしかないと……」

「読売に出すとなると、お富さんの決心が必要です」

おこうは、お富の顔を覗いて言った。

「ただ……」

「………」

お富の返事はなかった。お富は迷っていた。

「女将、ここはしばらく静観して奴らの次の出方をみるという方法もあるぞ」

「でもそれでは、おみよの命は、どうなるでしょう」

「………」

平七郎は返事に窮《きゅう》した。事は相手のある話だ。

「言うとおりにしなかったら、娘さんの命はどうなるか分からぬな。だるま長屋の爺さんを殺した二人のことだ。残忍な奴らだ。癇癪を起こして娘さんの命を奪うことだって平気でやる」

なんと工藤が、ずばりと言った。

「ああ……」

お富は泣き出した。

「お富さん……」

おこうがお富の肩を抱く。

「娘を助けて下さい。助かるのなら、何でもやります。読売に出して下さい。あの人だって許してくれる筈です。おみよは佐島の娘なんですから……」

「分かった、お富さんが決心してくれたのなら、そうしよう」

平七郎が頷くと、

「じゃあ、あっしはこれで……急いで店に戻って、明日の読売に載せるよう手配します」

辰吉が立ち上がると、平七郎は工藤と亀井、それに秀太に、細かく指示を出して帰した。

後には平七郎と、おこうと、お富が残った。

「……！」

おやっと、三人は板場の方を振り向いた。

すると、板前の要助が、盆に何かを載せて来た。

「女将さん、おやきを買ってきやした。皆さんも食べて下さい。もうとっくに昼は過ぎています。少しは食べないと体に毒です」

要助は三人分の御茶と、皿に盛り付けたおやきを置いた。

「おまえ、来てくれたのかい……」

お富が訊いた。

「今来たところです。表で辰吉さんとすれ違いやした。あっしもおみよちゃんの事が心配で、今日も柳原の土手に行ってきたんですが、おみよちゃんがお店に寄った気配はありやせんでした」

「要助さん、すまないね」

「何、あっしの長屋は神田鍛冶町、すぐそこです。長屋でじっとしていても、落ち着きやせん。何か少しでもお役にたちたいと思いやして……」

「ありがとう。でもまだ何にも分からないんですよ」

お富は弱々しく言った。

「そうですかい、まだ何も分からないんですかい」

「ええ」

お富は頷いて、一文字屋に脅迫の投げ文《ぶみ》があった事を明かした。

「許せねえ……」

要助は怒りの目を平七郎に向けると、

「立花さま、何かあっしにお役にたてる事があれば、遠慮無くおっしゃって下さい」

きっと見て言った。

「そのときはよろしく頼む。今のところは、こうして食事を運んでくれるだけでも有り難い」

平七郎が応えると、

「承知しやした。夕食にはもう少し滋養のあるものを用意しやす」

要助は慌てて店を出て行った。

「せっかく用意してくれたんですから……」

おこうがお富に、おやきを食べるように促した。

お富は小さく頷くと、おやきを手にとった。

それを見て、平七郎もおこうも、おやきを口をする。

食べ物を目の前にすると、さすがに空腹感を覚える。

「うう……」

お富がおやきを口に含むや、泣き出した。

掛ける言葉に窮して見守る平七郎とおこうに、

「すみません、私、思い出したんです……」

お富は涙をぐいと拭くと、

「おみよを連れて、旅から旅の暮らしが長く続いた頃のことです。おみよが三歳になったばかりだったと思うのですが、ある村の神社でお祭りをやっていました。たくさんの店が出ていて、猿つかいや人形つかいなどもやっていました。私は疲れていて、神社の境内の大きな杉の木の根元で腰を据《す》え、おみよには遠くに行かないように言いつけて、横になりました……」

母親の様子に心細くなったのか、

「おっかさん……おっかさん……」

お富の体を揺すっていたおみよの声が遠くなり、祭りの喧噪《けんそう》も遠くなって、お富は睡魔に誘われて眠ってしまった。

その時間がどれほどだったのか分からないが、悲鳴に近いおみよの泣き声に、お富は目が覚めた。

側におみよの姿は無い。

慌てて泣き声の方に走ると、おみよがおやきを売っている店の前で、男に叱られていた。

「まったく、油断もすきもないよ。何故おやきを盗もうとしたんだ。んっ……」

おみよは泣きじゃくりながら、訴えていた。

「おっかさん、おっかさんにあげる」

「何、おっかさんにあげるつもりだって……」

男は辺りを、きょろきょろしている。その男の手には、おやきが一つ握られている。おみよの手から取り上げたものだった。

「おっかさんが病気で……」

おみよは泣きじゃくる。

「言うに事欠いて、おっかさんが病気だって……恐ろしいね、こんなに小さいのに、嘘《うそ》を並べて」

男は、おみよの頭を、こんと叩いた。

「お待ち下さいませ。申し訳ありません」

お富は、転げるようにしておみよに近づき、おみよを抱き留めた。

「この子の母親です。旅の疲れで休んでおりました。お代はお支払いいたしますので、どうぞご勘弁下さいませ」

お富は巾着《きんちゃく》から銭をつかみ出して、男の掌に置いた。

「ふん、最初から銭を払えばいいだろうに……」

男は悪態をついて、おやきをお富の前に突きだしたのだ。

「おみよ……」

お富は、おみよを抱きしめて泣いた。

「その時のことを思い出したんです……」

お富は話し終えると、涙を拭《ぬぐ》った。

「こんな暮らしをしていてはいけない。ちゃんと地に足つけて、ひと所で暮らさなければならない……その時ほど、そう思ったことはありません。幼いおみよが、自分もお腹をすかしていた筈なのに、母親の私のために、おやきに手が伸びたのです」

「お富さん……」

おこうも、つい涙を誘われる。

「それなのに、今私は、母親としてなんにもしてあげられない。おこうさん、おみよはお腹をすかしているんじゃないでしょうか」

お富は、また泣くのだった。

「一文字屋でござい……読売でござい。本日は、あの竜閑橋袂にある紅葉屋の娘が、何者かによって拐かされ、脅迫文が、なんと、一文字屋に投げ入れられました。その話が載っております。母一人、子一人の暮らしを壊した悪人は、未だその正体を現しておりません。娘は助けられるのか……母親は娘を案じて夜も眠れぬくらしとか……今は店も休んでいます。どなたさまも、この脅迫文を書いた輩に、心当たりがないか……あれば一文字屋に知らせて下さい。まずはこの読売を読んでからのこと、さあ、買った買った！」

一文字屋の吉松《よしまつ》は、両国橋西袂で声を張り上げた。

「おい、拐かしだってよ」

「一枚おくれ」

私にも、こっちにもと、一文字屋の読売の売れ行きは好調だ。

その様子を、秀太とおこうは、じっと見詰める。

むろん姿を見せないように、少し離れた店の軒先から、又蔵や半之助らしき者や、浪人姿の佐島らしき者が、買いにこないか見張っているのである。

一文字屋の読売は、別の場所でも売っている。

そのひとつ今川橋袂で声を張り上げているのは、一文字屋の摺《す》り師の浅吉、見張りには平七郎と辰吉が物陰から立ってみている。

もう一カ所、日本橋で読売を売っているのは、一文字屋の玉七《たましち》という男で、見張っているのは工藤と亀井である。

二人は今日は着流しで笠を被って顔を隠し、鉄扇《てっせん》を手にしたその姿は腕利きの密偵か隠密廻りのごときである。

「亀井さん、悔しいけど今度ばかりは、立花の言うとおりですね。ここで失敗すれば定町廻りを飛ばされます」

「分かっている。しかし同じ飛ばされるのなら立花と一緒のところがいいな」

「そうです。私もそれを考えておりましたが、たとえばですよ。私と亀井さんが橋廻りに行くとすると、橋廻りは定員二人ですから、立花さんと秀太は、別のお役に移るということですよ」

「それは困るな」

「困ります」

「立花と一緒だと、なにかと安心だ」

「安心だ」

自分の今後の心配ばかりしている二人が、はっと前方に目を留めた。

今玉七に近づいて、読売を手にした男の頬に、くっきりと傷の跡があるのである。

「行くぞ」

亀井の声で、二人はその男に近づいた。

「待て、お前は半之助だな」

亀井が鉄扇をつきつけた。

「違うよ、俺は七蔵《しちぞう》だ」

「嘘をつけ、番屋に来てもらおうか」

いきなり男につかみかかった。

「何するんだよ、いいかげんにしてくれよ」

二人と一人の格闘に、多くの見物人が垣根を作った。

すったもんだの末に、二人は男を組み伏せたが、

「旦那、この者が何をしたっていいなさるんで……」

魚河岸《うおがし》の法被《はっぴ》を着た初老の男が近づいてきて言った。

「どうもこうもない。この男は、人ひとりを殺している半之助という奴だ。証拠はこの頬の傷だ。この男は娘の拐かしもやっている。番屋で取り調べるのだ」

工藤が言った。

「それはおかしい」

「おかしい……」

「この者は、そこの魚河岸の者ですぜ。名は七蔵。頰の傷は、昔漁に出た時に作った傷だ。今はあっしの仲買を手伝っている者ですぜ」

「何……」

工藤は面くらい、亀井と顔を見合わせ、改めて男を見る。

「まったく、冗談じゃねえぜ」

七蔵という男は、ぶんむくれだ。

「あっしは又兵衛《またべえ》というものですがね、あっしが責任を持ちやすぜ。この七蔵は人相はよくねえが、人殺しとか拐かしとかできる男じゃねえ。逃げも隠れもしねえから、その手を放してもらいやしょうか」

又兵衛は、険しい目で工藤と亀井を睨み付けた。

工藤と亀井は、しぶしぶ男を放す。

「北町か南町かしらねえが、少し乱暴すぎやしませんか。事と次第によっちゃあ、あっしは訴えますぜ」

「分かった、分かった。もういい、去れ」

亀井が言ったが、又兵衛は、

「念のためお聞かせ下さいませ。旦那方は、南か北かどちらで……」

じっと見る。

「南だ」

亀井はそういうと、くるりと背を向けた。

工藤も背を向けて、去って行った。

——あぁあ……。

読売を売りながら、玉七は溜息をつく。

十

一方、平七郎と辰吉が見張っている今川橋袂では、浅吉の腕に残っている読売は、あと十数枚かと思われた。

「とうとう現れませんでしたね」

辰吉が、吐息を漏らす。

「佐島はもう、江戸をふけたのかもしれぬな」

平七郎も期待が外れて緊張が俄に解けていくのを感じていた。

その時だった。

「平さん、あれは板前の要助ですね」

辰吉は、浅吉に近づく要助の姿をとらえていた。

「要助だと……」

平七郎も要助を見る。

「わざわざ買いに来たんですかね、呼びますか」

辰吉が言ったその手を、

「待て……」

平七郎は摑んで言った。

「辰吉、お前は読売が売り切れるまでここにいてくれ。俺は要助をつけてみる」

「えっ、何故です?」

辰吉は驚いた。

「ちょっと気になっていたんだ」

平七郎は、読売を買い、それを懐に入れて去る要助の後をつけ始めた。

昨日要助は、店を休みにしていたにもかかわらず、そっと板場に入ってきていたのだ。

おやきを差し入れしてくれて、すぐに帰って行ったが、平七郎は少し気になっていた。挙措にどこか不自然なものを感じていた。

要助は平七郎が後をつけているとも知らず、すたすたと東に歩いて行く。

要助の長屋があるのは、神田鍛冶町と聞いているから、まったく逆の方向に歩いて行くのである。

今川橋から本石町に出た要助は、大きく左に方向を変え、鉄砲町の通りを過ぎると、今度は右に舵《かじ》を切った。

人々の往来の中を、要助は脇目も振らず、迷いもせずに歩いて行く。

――いったい、どこまで行くのだ。

平七郎も行き来する人の陰に隠れるようにして後をつけていく。

――おやっ……。

平七郎は、米屋の物陰に身を隠した。

要助が堀江町の下駄屋の前で立ち止まったのだ。

そして振り返って辺りを見渡してから、すいと下駄屋の横手の木戸に消えたのだった。

平七郎は走った。

木戸の入り口から長屋の路地に視線を走らせると、丁度要助が中程の長屋の前で、おとないを入れていた。

「佐島の旦那……」

と平七郎の耳には聞こえた。

「何、佐島だと……何故だ」

平七郎の胸は疑問で膨らんだが、要助のおとないの声は、確かに佐島と聞こえたのだ。

長屋の中の戸が開いて、要助が土間に入ったのを見届けて、平七郎は駆けて行って戸を叩いた。

「誰だ……」

中から声がした。

「立花という者だ」

平七郎がそう言った時、

「あっ」

という要助の驚きの声が聞こえた。

「入るぞ」

平七郎は戸を開けて中に入った。

すると、上がり框に要助がいて、板の間に佐島と思われる浪人が立っていた。

佐島の手には、読売がある。

「佐島房次郎だな」

平七郎が問いかけると、浪人は頷いた。

「立花さま、佐島の旦那は、女将さんやおみよちゃんの事を案じて……だからあっしが報《しら》せにきたんです」

要助が必死に庇う。

「分かっている」

平七郎は頷くと、佐島に言った。

「だれもあんたが拐かしをしたなんて思ってはいない。ただ、その手にある読売を読めば分かるが、あんたをしつこく探している者がいる。その者たちが、あんたをおびき出すために仕掛けた罠《わな》が拐かしだと俺はみている。心当たりがあるのではないかな」

「ある」

佐島は言った。日焼けしているが、佐島の顔には罪を犯す者たちが持つ陰険な感じは少しもない。ただの尾羽《おは》うちからした貧乏浪人そのものだった。

「人足寄場でつまらぬ話をしてやったことがある」

佐島は言った。

「うむ」

平七郎は上がり框に腰を掛けると、戸惑っている要助に言った。

「要助、すまぬが木戸で見張っていてくれ。誰か妙な奴が入ってこぬようにな」

「お任せ下さい」

要助は真剣な顔で出て行った。

平七郎は要助に、佐島の話を聞かせたくなかったのだ。

「立花殿、すまぬ」

佐島もそれを察してか頭を下げると、

「私は人足寄場で、又蔵と半之助と一緒でした。それはどうやら立花殿はご存じのようでござるが……あの二人は、潰れ百姓といいましょうか、国では暮らしていけずに、この江戸にやってきた欠け落ち者でした。私も大和の国から、この江戸に妻子の姿を追っかけてやってきたあぶれ者です。どこかに響き合うものがあって、私はある時、うかつにも、物を見誤ると、道に外れたことをするものだと、そういう話の流れの中で、昔ある盗賊の見張りをやらされてしまった事を話したのです……」

平七郎は頷いた。

佐島は大和の国を出奔《しゅっぽん》し、妻子を追って江戸に出てきたものの、頼るよすがもなく、米沢町の長屋に入れては貰ったが、鍋ひとつから買わなければ暮らすことは出来なかった。

そんな折り、隣のお米という婆さんが親身になって、鍋や茶碗や布団なども、一緒に揃えてくれたのだった。

佐島は、日傭取《ひようとり》をしながら暮らすことになるのだが、お米は何かと世話を焼いてくれる。

まるで母親のように佐島は感じた。

佐島家の外腹の子、つまり妾《めかけ》の子だった佐島は、幼い頃から母親の愛情に飢《う》えていたのかもしれない。

お米も昔、遠い昔に好いた男の子を宿したが、生まれるとすぐにどこかに養子に出されたのだと佐島に話した。

そのお米が病に倒れた。病名は医者も分からないということだった。高麗人参《こうらいにんじん》を飲めば元気も出るだろうと医者に言われるが、高麗人参の値段は、このところ五年根でも一寸が十両もするというのだ。

お米も佐島も、そんな大金がある訳がない。

——せめて一度だけでも、口に入れてやりたいものだ……。

両国の裏通りにある安酒の店で、肩を落として酒を呑んでいると、佐島は初老の町人から声を掛けられた。

その老人に佐島は、お米の話をしたのである。

するとその老人は、一晩橋の袂で見張りに立ってくれれば三両になる仕事がある。誰かに頼みたいと探していたんだが、やってくれないかというのだった。

見張りで三両と聞いた佐島は、その仕事を引き受けた。

ところが現場に行って驚いたのは、盗賊の白うさぎが仕事を終えるまでの時間、その橋を渡る者がいないように見張ることだったのだ。

佐島はその晩、三両の金を手にした。高麗人参一かけを買って、お米に与えたが、元気になったのは数日で、また臥せってしまった。

読売で白うさぎの一味が捕まったと知った佐島は、しばらく恐ろしさと後悔で眠れなかった。

そんな折、小伝馬町の牢屋から下男《しもおとこ》が使いに来た。

佐島に文を渡して帰って行ったが、その文を見て佐島は驚いた。

文は、あの老人からだったのだ。

そしてその文には、自分は盗賊の頭だった。一味全員が捕まって、自分も含めて死罪か遠島になる。生きて江戸の土を踏むとは思われない。

そこで、隠している金は佐島が使えと、その隠し場所を知らせて来たのだった。

自分は天涯《てんがい》孤独の身だとも書いてあり、隣人の婆さんに心を尽くしている佐島の話に心を動かされた。

金は婆さんの治療代に使っても余りある。その金で御家人株でも手に入れて、身分のある侍になってくれと書いてあった。

佐島はしかし、その文は破り捨てた。関わりたくなかったのだ。

そういう金で、お米の人参を買い、御家人株を手に入れたりすれば、罪悪感にさいなまれる。佐島はそう思ったのだ。

「私が盗賊と関わった経緯と顛末《てんまつ》はそういう事だったのです」

佐島は話し終えると、苦笑して平七郎を見た。

「ふむ、すると、その金の話も、又蔵たちにしたのだな……」

「いえ、うっかり白うさぎの手先になっていたということは話しましたが、金の事は話していません」

「そうか……」

——ならば、又蔵たちは第六感を働かせての事か……。

悪党ながら鋭いことだなと思ったその時、

「立花殿、私は浅草寺《せんそうじ》に参ります」

佐島が強い調子で言った。


二日後、佐島は浅草寺の時の鐘の所に現れた。

時の鐘は階段を上った場所にある。

佐島は、ゆっくりと階段を上り、鐘堂の側に立って辺りを見渡した。

多くの参拝客が行き来していて、又蔵や半之助がその中にいるのかいないのか見分けるのは至難の業《わざ》だが、ついこの間まで人足寄場で一緒に暮らしていた仲間だ。

すぐに気付く筈だと思ったが、やはり警戒してか、二人の姿は見えなかった。

木の陰出店の陰では、平七郎、秀太、辰吉、工藤と亀井も張り込んでいる。

だが、日が西に傾いても、佐島に近づく者はいなかった。

ただ一人、佐島に声を掛けたのは、破れ笠をかぶり大きな籠を背中に担いだ掃除の爺さんだった。

持っているほうきで、佐島にそこを退いてくれ、そんな風に言っているように平七郎たちには見えた。

結局、誰も現れず、佐島は浅草寺を後にした。

「平さん、どうしますか」

秀太が聞いた。

「秀太と辰吉は、佐島から目を離すな」

二人に命じ、工藤と亀井には、

「今日佐島に接触したのは、掃除の爺さんだけだ。まだ境内にいるかもしれぬ。あの爺さんを探してくれ」

三手に分かれて探し、半刻（一時間）後大門で待ち合わせることにした。

平七郎は、ぼつぼつ仕舞いはじめた出店を横目に、浅草寺の中を小走りして爺さんを探した。

読売で大々的に脅迫すれば、又蔵たちも身の危険は重々承知の筈だ。爺さんを使って佐島に連絡をしてきたのかもしれないのだ。

「掃除の爺さんだ。どこにいるか知らぬか」

楊枝屋の綺麗な娘に尋ねると、もう帰り支度をしている筈だと言い、用具置き場で一杯やっているんじゃないかと言った。

爺さんは酒好きで、長屋に帰る前に、境内の屋台で買った酒を飲むのが日課になっているらしい。

平七郎は、楊枝屋の娘が教えてくれた用具置き場に走った。

——いた……。

爺さんが木株に腰を下ろして、ちびりちびりと酒を飲んでいるではないか。

「爺さん、すまんが、ひとつ聞かせてくれ」

平七郎が近づいて声を掛けると、爺さんはきょとんとした目を向け、

「なんだ、邪魔しねえでくれ」

いけいけと手を振った。

平七郎は素早く爺さんの手に小粒を握らせた。

「なんだ、そんな事なら……で、何を聞きたいんだ」

ほろ酔いの目を向けてきた。

「今日鐘突堂で、浪人に声を掛けたな」

「いや、今日は鐘突堂には行ってねえ」

「何、そんな事はあるまい。俺は見たんだ。爺さんが鐘突堂で人を待っていた浪人に話しかけたのを」

「ああ、その事かね」

爺さんは、けらけら笑ってから、

「それは別人だ」

と言った。

「何、別人だと……どういう事だ」

「なに、酔狂な男がいてな、この笠と着ているものと、それに掃除道具を貸してくれと言い、金をはずんでくれてな」

「すると爺さんは鐘突堂には行かずにここにいたというのか」

「そうだ。貰った金で、ここでこうして酒かっくらっていたんだ。こんなことはめったにあるもんじゃねぇからな」

というではないか。

「その者は、どんな男だったんだ?」

「そうさなあ、頬に傷のある男だったぜ」

「そうか……ありがとよ、爺さん」

平七郎は急いで大門に向かった。

大門で待っていた工藤と亀井に、平七郎は爺さんから聞いた話を告げ、

「佐島が我々に何も知らせてこなかったという事は、口止めされているに違いない。今夜は、秀太と辰吉が佐島を見張っているが、明日は見張りを交代してほしいのだ」

工藤と亀井にそう告げて帰すと、平七郎は紅葉屋に向かった。

一方、その頃佐島は、長屋に入ると、戸を閉めて部屋に上がった。

まず瓶《かめ》の水を、がぶがぶと飲む。ひしゃくを投げるように置くと、どかりとそこに座った。

浅草寺の鐘突堂で、掃除の爺さんに紛した半之助が近づいてきて、

「白うさぎが隠していった金の在処を教えろ」

そう言ったのだ。

「そんな物がある訳がない」

佐島は否定した。だが、

「そんな筈はねえ。今だから言うが、又蔵は聞いていたらしいぜ、白うさぎの仲間からよ。金の蓄えはあるんだと……さる場所に隠してあるんだと……もうひと働きしたらそれを分配して、皆それぞれ好きに生きるんだと……旦那が知らねえ筈がねえじゃねえか」

「知らぬ」

佐島は強く否定したが、

「知らねえというのなら、娘の命はねえな」

半之助は一歩もひかなかった。

「待ってくれ。それならこうしよう。確かに私も金のことは聞いたことがある。だがそれは噂の範囲だ。果たしてそこに金があるかどうか分からぬが、案内しよう」

佐島は言葉を選んだ。これ以上知らないと言えば娘の命が危ないと思ったのだ。

相手の意に沿ったふりをして、

「その前に、娘の無事な姿をみせてくれ。そして娘を家に帰してくれ。案内するのはそれからだ」

きっぱりと言う。だが、

「帰すのは金が手に入ってからだ。無事かどうかは確かめさせてやるがな」

半之助も妥協しない。

仕方なく佐島は頷いたのだった。

——娘の無事を確かめたら、奴らを殺すしかあるまい……。

あの盗賊の頭と知った老人から聞いた場所に案内する訳にはいかぬ。

佐島は、大刀を引き抜いた。

行灯《あんどん》の明かりを当てて、刀の錆《さび》を点検する。

その佐島の目が、暗く光っていた。

十一

佐島が動いたのは、翌日の夕刻だった。

まもなく六ツという頃に長屋を出た。

平七郎とおこうが、佐島の後を尾ける。今朝方二人は、それまで長屋に張り込んでいた秀太と辰吉と替わっていた。

佐島は、まっすぐ北に道を取った。

横目も振らずに黙々と歩いた佐島は、柳原の土手に出る。

「どこに行くんでしょうね」

おこうが呟く。

佐島は後ろを振り返り、人の流れに目を注いだ。

平七郎とおこうは、思わず物陰に身を隠す。

佐島は土手を横切って和泉橋《いずみばし》に出て、袂に立ち止まって人待ち顔で辺りを見渡した。

夕六ツを告げる鐘が鳴る。

瞬《またた》く間に辺りは夕闇に包まれて、人の往来もまばらになり、月の光だけが頼りとなった。

とっぷりと暮れてまもなく、中年の男が佐島に近づいた。

頰の傷があるかどうかは判然としなかったが、

「半之助だ」

平七郎は言った。

男が先に立って佐島がそのあとに続く。

二人は河原に降りて西に向かった。そして河岸地《かしち》にある柳原神社の前で立ち止まった。

この神社は、今年の野分けで社《やしろ》の半分ほどが強風に飛ばされて、未だ修理もされぬまま野ざらしにされている。

先ほどまで周囲で鳴いていたこおろぎが、ぴたりと止んだ。

佐島は半之助に促されて、破れ戸から中を覗いた。

「!……」

娘が目に入った。後ろ手にしばられて、しかも柱にくくりつけられている。

蠟燭《ろうそく》の火に、監視している又蔵の顔と、娘のおみよの顔が見えた。

きっと又蔵を睨んでいるおみよの顔は、佐島の記憶にある、若い頃のお富の顔にそっくりだった。

――おみよ……。

心の中で呼ぶ娘の名前……涙が胸を突き上げる。

「おい」

半之助が佐島の肩を叩いた。

二人は足音を忍ばせて、河岸地に出てきた。

月明かりの中で、半之助は佐島に言った。

「さあ、もういいだろ。これから金のある場所に案内してくれ。金を持ってここに戻ってきた時に、娘は渡そう」

「分かった」

佐島は頷いて歩き始める。今度は半之助が後に続く。

神社から二十間ほど歩いたところで、ふいに佐島は立ち止まった。

「旦那……」

声を掛けた半之助に、佐島はいきなり斬りつけた。

「うわっ！」

半之助は肩を押さえて飛び退いた。

足を取られて横転したが、半之助はすぐに起き上がると、懐に仕込んであった匕首《あいくち》を引き抜いた。

「許せぬ……」

上段に構えた佐島が、じりっと足を詰めたその時、

「待て」

平七郎が飛び込んで来た。

「止《よ》せ、ここは俺に任してくれ」

「立花殿……」

「ずっと見張っていたのだ、おぬしをな。刀をおさめろ」

「退いてくれ！」

言い合っているその時、

「平七郎さま！」

おこうが叫んだ。

半之助が神社の方に駆けだしたのだ。

「うむ」

平七郎は、素早く小柄《こづか》を半之助に投げた。

半之助は、どさりと枯れ草の中に落ちた。

平七郎は走り寄って、半之助の首根っこを摑まえた。

「くそっ」

悔しがる半之助の右足首には、平七郎の小柄が貫通している。

「誰だ！……半之助か！」

その時、神社から又蔵が出てきて呼んだ。

平七郎が、半之助の首に刀を突きつけ、

「ここに呼べ」

命令した。

「又蔵、ここだ、ちょっと来てくれ！」

半之助が叫んだ。

「なんだなんだ、なんだってんだ。佐島の旦那はどうしたんだ……」

ぐちぐちいいながら又蔵は小走りして来たが、

「あっ」

佐島が、縛り上げた半之助の縄を持って立っているのに仰天した。

匕首を引き抜いて、ふっと後ろを振り向くと、平七郎が立っている。

おこうは、神社めがけて走って行く。

「ちっ、どじを踏んだのか」

いきなり平七郎に匕首を振りかざして飛びかかって来た。

「観念しろ！」

平七郎は鉄扇をひとふりした。

又蔵の手から匕首が落ち、だらりとなった手首を支えて、又蔵は叫んだ。

「あー！……」

神社から、おこうがおみよを助け出して来た。

「おみよ……」

立ち尽くす佐島の前に、おこうはおみよを押しだして囁いた。

「あなたの、お父さんですよ。おみよちゃんを助けにきてくれたんですよ」

おみよはじっと佐島を見る。

佐島も、おみよを見詰めた。

二人は、言葉を失ったようだった。

やがて、おみよの頬に涙が光った。

「すまん……」

佐島は、そこに膝をついた。そして泣いている。

おみよは、走り寄って、佐島の胸を叩く。

「馬鹿馬鹿馬鹿馬鹿……」

「おみよ……」

佐島は、おみよを抱きしめた。

「…………」

おこうが泣いている。

平七郎も胸を熱くして見守った。


「いらっしゃいませ、お待たせしてすみませんが、もうしばらくお待ち下さい」

紅葉屋の店に、また行列が出来ている。

行列に声を掛けているのは、おみよである。

朱色の襷《たすき》に、赤い縮緬《ちりめん》の前垂れをして、いかにも初々《ういうい》しい。

「おみよちゃん、よかったね。おとっつぁんに会えたんだってね」

大工の法被を着た男が声を掛けると、

「ありがとうございます」

おみよは愛らしい笑顔を送る。すると、大工の後ろに並んでいた中年の女が大工を叱りつけた。

「おとっつぁんだなんて、おみよちゃんの父親はお侍だよ、お父さん……違うか、おとうさま……おかしいな、おっとさまかな」

「何言ってんだよ、江戸っ子は、おとっつぁんでいいんだって」

大工が反論する。

すると、おみよが言った。

「おとっつぁん、て呼んでるの」

恥ずかしそうに笑って店の中に入った。

店の中には、辰吉やおこうもいる。

四人の視線の先には、縞《しま》の着物に白い襷で、すっかり紅葉屋の亭主におさまった佐島房次郎が、忙しく立ち働いている。

「房次郎さん、こちらをお願い！」

板場からお富が顔を出して、佐島を呼んだ。

「ゆっくりしていって下さい」

佐島は、おこうと辰吉に照れくさそうな顔で声を掛け、お富の方に駆けて行った。

「房次郎さん、だって……」

辰吉がくすくす笑う。

まだ新婚のような母親と父親の様子を、外から入ってきたおみよが、嬉しそうに見ていたが、おこうの方に走り寄って来て言った。

「平七郎さまが、私におっしゃいました。お前たちの苦労はきっと実るって、冬の野も、やがて芽吹いて、美しい緑に覆われるだろうって、おっしゃったんです」

「いい事言うねえ、平さんは……」

「はい」

おみよは元気な声を出した。

おみよ拐かしは無事解決し、半之助と又蔵は、今小伝馬町の牢に入っている。

ただ、誰の目にも奇異に映るのは、二人を捕まえたのが工藤と亀井ということになっているのだ。

秀太などはぶんむくれだ。

「平さんも気前がよすぎてよ」

辰吉が秀太に同意して言った。

その頃、平七郎と秀太は、一色のお供をして、御舟蔵《おふなぐら》向かい側のさる旗本の屋敷の前に立っていた。

一色の手には、佐島が記憶を起こして書いた、白うさぎの金の隠し場所が書いてあるのだが、どう見ても、その場所には今は屋敷が建っているのだ。

「間違いない、この屋敷の中だな」

一色は、屋敷の中を飛び上がって覗くが、庭を掘らしてくれなどと言える筈もない。

「おい、この屋敷はいつ頃建ったんだ？」

秀太が、屋敷の隣に店を出している男に訊いた。

「出来たのは一年前ですぜ」

男はそう言った。

「どうしますか、一色さま……」

平七郎が尋ねると、一色は歯ぎしりして、

「私は御奉行に、五百ぐらいは用意できそうですと申し上げてしまっているのだ。ここで、あれは見立て違いでございましたと言えるわけもなかろう。この屋敷の中が掘れないというのなら、せめてこっちを掘るしかあるまい」

一色は、屋敷に沿って有る二百坪ほどの雑木林を指した。

「この絵図だって確かなものではないはずだ。この辺りというのであれば、掘ってみなければ始まらぬ」

一色は頑固に言い放った。

まもなく、鍬《くわ》を持った土掘り隊がやってきた。

なんとそこには、工藤と亀井の姿もある。

又蔵と半之助の捕縛手柄は平七郎のものだと知った一色が、

「お前たちが先頭にたって掘れ」

そう命令したのである。

まもなく、雑木林を掘る作業が始まった。

しばらくして、工藤と亀井がやってきて一色に言った。

「一色さま、私は無駄だと思いますが……いくら掘っても、何も出てきませんよ」

「何を言っているのだお前たちは！」

一色は烈火のごとく怒った。

「どんな事をしても、掘り上げろ。いいな、分かったな。私のいう事に逆らったら、お前たち二人、どうなるか、分かっているだろうな」

工藤と亀井は、しぶしぶ鍬を担いで穴掘りの場所に戻っていく。

「平さん、あの二人には春がやってくるのでしょうか」

秀太が、くすくす笑って言った。

第二話　名残の雪

一

川と堀が十字路のように交差している所に三つの橋が架《か》かっている。

橋のひとつは楓川《もみじがわ》に架かる弾正橋《だんじょうばし》で、もうひとつは京橋川《きょうばしがわ》に架かる牛草橋《うしぐさばし》、そして三つ目が三十間堀《さんじっけんぼり》に架かる真福寺橋《しんぷくじばし》というのだが、江戸の者は、この三つの橋を『二ノ橋《にのはし》』と呼んで親しんでいる。

弾正橋は長さ九間三尺（一七・二メートル）、幅は二間（三・六メートル）。牛草橋は長さが九間（一六・三メートル）、幅は三間（五・四メートル）。そして真福寺橋は、長さが十三間（二三・六メートル）、幅は二間半（四・五メートル）。

実は昨年、弾正橋も牛草橋も大火で焼け落ち、架け替えられているのだが、真福寺橋だけは焼け残り助かっている。

だから三つの橋を見渡した時、弾正橋と牛草橋は、まだ木の肌の色も白く、木の香も漂《ただよ》うかのごとき姿だが、真福寺橋は年月を経た頼もしい木の色を呈《てい》している。

この二ノ橋に、正月も明けた一月の末のこと、昼過ぎからちらちらと雪が落ちてきた。

瞬《またた》く間に二ノ橋の上には、うっすらと雪が積もり、行き交う人も襟巻《えりま》きを頭から被《かぶ》ったり、傘を差したりして足早に渡って行く。

平七郎と秀太も、二ノ橋の点検にやってきていたのだが、身震いするほどの寒さに音《ね》をあげ、早々に切り上げて、真福寺橋西袂《たもと》の小さな居酒屋に入った。

『白魚《しらうお》』という店で、十人も入れば一杯になる店だったが、白魚料理なら値段も味もここが一番、と噂《うわさ》に上るほどの居酒屋で、平七郎も秀太も一度入ってみたかったのだ。

お客で満席かと思いきや、急に雪が降り出したせいか、四、五人しかいない。

「女将《おかみ》、熱いのをくれ。それから、うまい白魚料理を見繕《みつくろ》ってくれ」

平七郎は出迎えてくれた中年の女将に注文した。

秀太と二人腰を掛け、ふっと店内を見まわした時、すぐ隣で酒を呑《の》んでいる工藤豊次郎に気がついた。

「工藤さんじゃないか、珍しいな」

平七郎は声をかけた。

すると工藤は不意をつかれて驚いたようだったが、すぐににんまりして、

「うまいぞ、ここの白魚は……」

ほろ酔い加減の目を向けた。

「時々来るんですか、ここに」

秀太が訊《き》くと、

「ああ、白魚が出る間は、よく立ち寄る」

ぱくりと白魚料理を口に運ぶ。

工藤が口に入れたのは、天ぷらのようだった。

「おいしそうですね」

秀太が生唾《なまつば》を飲み込んだ時、女将が下駄を鳴らして酒と料理を運んで来た。

「あら、工藤さまとおなじみだったんですか」

女将は、平七郎と秀太の顔を見る。

「女将、この二人は、こっちが立花平七郎、そしてこっちが平塚秀太と言ってな、そこの橋の点検にやって来ている橋廻りだ。女将も見たことがあるだろう。ほら、木槌《きづち》を持って橋をコツコツとやるやつ」

秀太は、むっとして工藤を睨《にら》んだ。

だが工藤は、秀太の顔色など頓着《とんちゃく》なく、

「二人の仕事は同心といえども十手《じって》など不要のお役目、だからなんだな、町の人たちのよろず相談役といったところだ。なんでも困った事を頼めば良いぞ。暇《ひま》をもてあましているからなんでも聞いてくれる」

「ありがたいことです」

女将は笑顔を浮かべ、平七郎と秀太の前に盆の物を並べながら、

「旦那方の点検があればこそ、みんな安心して渡れるんですから、ごくろうさまでございます」

平七郎と秀太に頭を下げた。

機転を利かした女将の言葉に、秀太の顔もたちまちほころんだ。

「ほう、うまそうじゃないか」

平七郎が箸《はし》を取ると、

「まずは、こちらがお造り、酢醤油《すじょうゆ》でお召し上がり下さい。そしてこちらが、白魚のネギ味噌和《みそあ》えです」

「なるほど、じゃ、この後は、工藤さんが食べている天ぷらも頼む」

平七郎は、まずは女将が注《つ》いでくれた盃《さかずき》の酒を一気に呑み干した。

「おいしいですね、このネギ味噌和えはなかなかのものです」

秀太も舌鼓《したつづみ》を打つ。

「で、今日は一人ですか」

平七郎は盃を置いて工藤に訊いた。

「ああ、そうだ。亀井さんは風邪《かぜ》を引いて寝込んでいるんだ。まったく大事な時に……お陰でこっちは一人でてんてこまいといったところだな」

工藤は胸を張って、はっはっと笑った。

「そりゃあ大変だ」

平七郎は相槌《あいづち》を打ったが、そんな話など信用していない秀太は、まじめな顔をわざと作ると、

「じゃあ、今、何か事件を探索しているんですか」

訊かれて困る顔を楽しむような目で訊いた。

「まあな、定町廻りは、暇な時は無いわな」

首をまわしてぐりぐり鳴らし、いかにも働きすぎて疲れているぞと見せてからちらと板場の女将に視線を流すと、

「もう少し詳しく分かったら、立花、おぬしたちにも話そう。今話して手柄を横取りされてはかなわんからな」

はっはっとまた笑う。

相変わらずの嫌みである。

秀太はむっとして、自分の酒や肴《さかな》を持って席をひとつ移動した。少しでも工藤から離れて呑みたいと思ったのだ。

「ふっふっ……」

工藤は余裕たっぷりの笑みをみせると、

「女将、ごちそうさま。今日もうまかったぞ」

代金を台に置いて、すたすたと出て行った。

「嫌なやつ。昨年暮れに手柄をたてさせてやったのに、なんですかね、あの態度は……」

秀太は、また元の席に戻ってきて怒りを口にした。

「せいいっぱいの虚勢だ、許してやれ。せっかくの料理がまずくなるぞ」

平七郎は苦笑して言った。だがその目が、工藤の忘れものに気がついた。

工藤が座っていた所に、煙草《たばこ》入れがある。

「まったく……」

平七郎はすぐに取り上げ、店の戸を開けて雪の降る二ノ橋に目を凝《こ》らした。

白魚の店からは、二ノ橋全体がいつもならくっきりと見渡せる。

だが今日は、雪が降りしきり、一帯は白くかすんでいる。

――おそかったか……。

そう思ったが、次の瞬間、平七郎の目が捕らえたのは、背を丸め、襟巻きを首に巻いて、うつむき加減に弾正橋を渡って行く工藤の姿だった。

弾正橋を渡れば同心屋敷が建ち並ぶ八丁堀だ。

本降りになった雪が、家族が待つ役宅に向かって帰って行く工藤の頭にも肩にも、しんしんと降り注いでいる。

先ほどの定町廻り然とした言動とはうらはらの、どこか哀愁《あいしゅう》漂う工藤の背に、平七郎はふっと見入ってしまった。


平七郎と秀太は、白魚の店に一刻（二時間）近く居て腰を上げた。

「女将、まだ雪は降っているのか」

平七郎は代金を台の上に置いた。

「ええ、少し小ぶりにはなりましたけどね」

女将は入り口の戸を開けて外の様子を教えてくれたが、

「あら、佐太郎《さたろう》さん、まだお店には行ってないんですか」

戸を閉めようとしたその時、ふらりと入って来たお客に言った。

「まだなんです。私には店に顔を出す勇気がないんです」

佐太郎という男は、弱々しい声で言い、はあっと力尽きたように台の前に腰掛けた。

その様子を横目に、店を出ようとした平七郎に、

「立花さま、お待ち下さいませ」

女将が呼び止めた。

「こんなことお願いしては申し訳ございませんが、この人の話を聞いてやっていただけないでしょうか」

遠慮がちに言う。

「ふむ、しかし、話を聞いても役に立てるかどうか、分からんぞ」

平七郎は、秀太と顔を見合わせて言った。

「無理は重々、でもね、この人、佐太郎さんていうんですけどね。伊勢《いせ》からはるばるやってきたんですよ。父親が重い病で会いたがっているという文《ふみ》を貰《もら》ったものですからね。ところが、この江戸までやって来たものの、自分は外腹《そとばら》の子だか

ら会いに行く勇気がないって、この三日の間、店に来ては溜息《ためいき》ばかり……」

「行けばいいじゃないですか、文を貰っているんでしょ」

秀太が情けない奴だといわんばかりの声で言った。

女将は、はらはらして見守る。

「そうなんですけど、皆さんに厄介者が来たって思われるんじゃないかって……文をくれたのは、店の人ではなくて、昔私の母と一緒に女中をしていたおしげさんという人で、今はもう隠居して店にいる人ではございませんので……」

佐太郎は言い、また溜息をつく。

「で、店というのは？」

平七郎の問いかけに、女将は、

「京橋にある木綿問屋の『丸田屋《まるたや》』さんです」

「ほう……」

平七郎は頷《うなず》いた。知らない店ではなかった。

定町廻りだった頃に、何回か立ち寄ったことのある店だった。

丸田屋は一代で築いた店で、伊勢出身の多くの者が、この江戸でどんな商《あきな》いをしようにも、伊勢屋という『伊勢』の看板を頼るのに、丸田屋の主《あるじ》は伊勢出身でも伊勢の名に頼ること無く、その力量で京橋に暖簾《のれん》を張った気骨の人と聞いている。

「丸田屋には跡取りの倅《せがれ》が生まれず、娘が一人いる筈《はず》だが」

平七郎が確めるように言った。

「まあ、ごぞんじでしたか。なら是非是非、相談に乗ってやって下さいませ」

女将に袖《そで》を引っ張られるようにされて、平七郎は断り切れなくなって佐太郎の前に座った。

秀太も渋《しぶ》い顔をしながら平七郎と並んで座る。

女将も、居残っていた客を送り出すと、佐太郎の横に座った。

「さあ、佐太郎さん、くわしいーく話して」

女将に促《うなが》されて、佐太郎は頷いた。

「私の母は名をおえんと言います。伊勢の者です。若い頃に丸田屋の女中として、伊勢からはるばるこの江戸の店にやってきました……」

佐太郎は小さな声で話し始めた。

丸田屋の主与兵衛《よへえ》もむろん伊勢の出で、昔はたびたび伊勢に戻って、木綿の仕入れ先を吟味《ぎんみ》したり、奉公人を集めたりしていたのだ。

佐太郎の母おえんも、伊勢にやってきた与兵衛に気に入られて女中になったのだった。

丸田屋の奉公人となって三年目に、おえんは与兵衛と深い仲になった。

与兵衛には女房がいて悋気《りんき》がましく、与兵衛はおえんを伊勢に帰したのだ。

ところが、伊勢に帰ってきてから腹に子が出来ている事が分かり、おえんは実家でひっそりと子を産んだ。

名を佐太郎と名付けたのは、おえんの父親で、翌年与兵衛が伊勢に帰ってきた時に、父子は対面したのである。

その後、与兵衛と女房の間にも女の子が生まれるのだが、佐太郎の誕生は与兵衛を喜ばせたようで、ずっと佐太郎に養育の金を送ってくれていた。

ただその額は、年々少なくなって、佐太郎が物心つくようになった時には、年に三両ばかりの金額になっていた。

伊勢に買い付けにやって来る丸田屋の仲買人の話では、おかみさんが佐太郎への送金を渋っているということだった。

佐太郎は十五歳で元服したが、それを潮《しお》に、おえんは丸田屋との縁を絶ちきると宣言した。

「おっかさんもお前も丸田屋にとっては邪魔者や。お前が元服するまではと旦那さまの援助を受けてきたんやけど、本当は、おっかさんはお金なんて貰いたくなかった……おかみさんは、きっと私を恨《うら》んでいるに違いない、そう思うと……、悔しい気持ちの一方で申し訳ない気持ちもあって……そやからお前も今日限り丸田屋とは縁を切って、別の道で世渡りを考えて欲しいんや」

おえんはそう言うと、佐太郎の前に二十両の金を置いた。

「いいかい、これは、これまで丸田屋からお前にと貰った金を、全部使《つこ》たらあかんてお前のために貯めてきたものや。この金を使うてな、お前に何が出来るのか考えてみ。おっかさんも手伝うから」

決してこの先、丸田屋を頼るような事があってはならぬと、おえんは佐太郎に言い聞かせたのだった。

母のおえんは、佐太郎を産んだがためにしてきた長い間の堪忍《かんにん》と屈辱《くつじょく》を、元服した佐太郎に吐露《とろ》したのだった。

佐太郎は母の気持ちは理解できたが複雑だった。

厄介者としてずっと施《ほどこ》しを受けてきたという苦々しい気持ちがある一方で、その施しは、父との絆《きずな》を感じられるただひとつのものだったからだ。

自分たちは疎《うと》んじられているという思いや恨む気持ちは心底に巣くっていたが、誰よりも父親を慕《した》う気持ちも一方であったのである。

だが、この時より佐太郎は、父を慕う気持ちを封印した。そして、

——木綿を手にすることは絶対しない。

厳しく自身に言いきかせてきたのである。

佐太郎はそれから、伊勢絹《ぎぬ》の織物を勉強した。

まだ商いも小さく、暖簾も出していない。

試行錯誤の毎日だが、その間に祖父が死に、祖母も死に、今は年老いた母と二人で頑張っている。

苦しい挑戦だが、希望も見えてきている。丸田屋が木綿なら自分は絹だと、丸田屋と肩を並べられる日がくることを夢みて、余裕のない暮らしではあるが、歯を食いしばってやってきた。

ところがひと月前のこと、母と一緒に女中をしていたおしげという人から文が届いた。

丸田屋の旦那が重い病で臥《ふ》せっている。佐太郎さんに会いたがっているので、顔を見せてやってほしいというのであった。

「それで江戸へやってきたのですが……やはり丸田屋の敷居は高くて、それで木《こ》挽町《びきちょう》の旅籠《はたご》に逗留《とうりゅう》して、踏ん切りがつかないまま、毎日ここに来て弱音を吐いているんです」

佐太郎は話し終えると深い溜息をついた。

「実の父親が会いたがっているのなら、よけいな事は考えずに行った方がいい。後で後悔することになるぞ」

平七郎は言った。

「………」

佐太郎は俯《うつむ》いた。そんなことは百も承知だが出来ずにいる、佐太郎の顔はそう言っていた。

それを見た女将が口を添えた。

「佐太郎さんは、顔を出したことで、財産を欲しくて来たんじゃないかって思われるのが嫌なんですよ」

「どう思われようと構わない、そう開きなおったらいいんだ。だいたい、武家も商人も、次男三男は厄介者だとか、外腹の子は邪魔者だとか、そんなの私は納得できぬ」

秀太が怒りを含んだ声を上げる。

「ほんとほんと、平塚さまのおっしゃる通り」

女将も相槌を打つ。

「平さん、この人と一緒に行ってあげたらどうなんですか」

俄《にわか》に秀太は、手を貸してやりたくなったらしい。

「うむ……」

平七郎は考えたのち、

「その手紙をくれた、おしげという人とは会ったのか？」

佐太郎の顔を覗《のぞ》く。

「それもまだです」

「まずはそれが先だな。おしげに会って、一緒に行ってもらうのが一番だ」

「旦那、それじゃあ心許《こころもと》ないんですよ。おしげさんは女中だった人で、今は隠居の身。丸田屋に強く言える立場にある訳じゃありませんからね」

女将が不満を漏《も》らす。

――しょうがないな……。

心ではそう思ったが、女将と佐太郎の必死の顔と、秀太の顔色を見て、

「分かった、じゃあこうしよう。手紙はおしげがくれたんだ。おしげにまず会って、それから丸田屋に出向く」

「ありがとうございます」

佐太郎は、ほっとした顔を上げた。

二

「佐太郎さん……そんな人は、私は知りませんね」

番頭の伊助《いすけ》と名乗った中年の男は、佐太郎を一瞥《いちべつ》したのち、そう言った。

平七郎が佐太郎を連れ、まずは丸太《まるた》新道《しんみち》の長屋にいるおしげを訪ねたのが半刻前、ところがおしげは風邪をこじらせて寝込んでいた。

それでも涙を流して佐太郎を迎え、おえんの近況を聞いたのち、一刻も早く丸田屋に出向くように佐太郎に言ったのだった。

「旦那さまの容体は良くないと聞いているんです。明日はどうなるか分からない状態だと……佐太郎さんが顔を見せれば元気になるかもしれませんよ。あたしはこんな体ですから、旦那さまに風邪をうつしちゃ申し訳ない。お役人さまが一緒に行ってくれるのなら、これほど心強いことはない。今すぐにでも会ってきなさい」

おしげにそう言われて丸田屋にやって来たのだが、戸を叩くと番頭が出て来、伊勢の佐太郎だと名乗っても中に入れようとはしてくれないのだ。

「おしげという人から、何も聞いていないのか」

平七郎が尋ねると、伊助は首を横に振る。

「佐太郎に会いたいとおしげに頼んだのは、ここの旦那だ。おしげからの文もある」

平七郎は佐太郎を促した。

すぐに佐太郎がおしげから貰った文を差し出したが、

「旦那さまは今は意識も朦朧《もうろう》としています。本当におしげさんに頼んだものかどうか」

番頭は冷たくその文を突き返す。

「番頭さん、ひと目だけでいい、親父さんの見舞いをさせて下さい。親父さんの顔を見たらすぐに帰りますから」

佐太郎がたまりかねて哀願する。

「この人を気の毒だとは思わんのか。こんな雪の日にはるばるやって来たんだぞ」

秀太も詰め寄ったが、

「容体に障《さわ》りがあるといけませんから、今日のところはお帰り下さい」

頑《がん》として聞き入れない。

その時だった。

ごほごほという咳《せき》が聞こえたと思ったら、寝こんでいた筈のおしげがよたよたやって来て言った。

「番頭さん、おしげですよ。こんな事もあろうかと、心配になって来てみたんですよ。いいですか、番頭さん、この人は間違いなく旦那さまのお子、番頭さんだって、うすうすご存じじゃないですか。伊勢に旦那さまのお子がいるって事は……」

「おしげさん、余計なことをしてくれるね。おかみさんだって、お嬢さんだっているんですから」

伊助は苦い顔をする。

「何言ってんですか、私は旦那さまに頼まれて、この人の母親に文を書いたんですよ。それなのに、わざわざ伊勢から来た息子を、門前で追い返すなんて、旦那さまにもしもの事があった時には、あんた、たたられますよ」

「な、なんて事言うんですか」

伊助は一瞬怯《ひる》んだ。その伊助をおしげはぐいと押しのけて、

「さあ、あたしは風邪を引いていますから、ここで待っていますよ。立花の旦那、平塚の旦那、すみませんが佐太郎さんを旦那さまに会わせてやって下さいませ」

ぐいっと伊助を睨み据《す》えた。

「ふむ、そういう事だ。長居はいたさぬから案内してくれ。俺も主とは古い知り合いだ。それはお前も知っているな」

見覚えのある同心の平七郎にそうまで言われては、番頭の伊助も引き下がらざるを得ない。

「ほんのいっときにして下さいませ」

むっとした顔で言い、平七郎と秀太と佐太郎を、主の与兵衛が臥せっている部屋に案内した。

「おかみさん……」

番頭は、与兵衛の枕元に座っていた女房のおくまに近づいて耳打ちした。おくまの表情が、みるみる険《けわ》しくなるのが分かったが、

「顔を見てこい」

平七郎に促されて、佐太郎はおそるおそる与兵衛の枕元に近づいた。まずはおくまに黙礼するが、おくまは、ふんっという顔で立ち上がり、部屋を出て行ってしまった。

佐太郎は肝が縮《ちぢ》む思いだが、勇気を振《ふ》り絞《しぼ》って父親の顔を見る。土気色の顔色のよくない与兵衛が、こんこんと眠っている。

「おとっつぁん……」

佐太郎は、小さな声で呼びかけた。

その刹那《せつな》、佐太郎の双眸《そうぼう》から、熱い涙があふれ出る。

佐太郎にとっては、赤子の時に会ったっきりだから、初対面も同然だが、つもりつもった父親への思いが噴き出したようだ。

見守っている平七郎も秀太も、目のやり場に窮した。

「元気になっておくれよ、おとっつぁん……またお見舞いに来るよ、おとっつぁん……」

佐太郎が父親の額《ひたい》にそっと手を伸ばしたその時、

「佐太郎か……」

なんと眠っていたと思われた与兵衛が目を開けたのだ。

「旦那さま……」

驚いたのは番頭だった。

「旦那さまが目覚めました……」

伊助は慌《あわ》てて廊下を走って行った。

間を置かずして、ばたばたと女房のおくまと、娘のおいとがやって来た。

「おとっつぁん……」

おくまは佐太郎の姿に怯んで近寄らなかったが、おいとは与兵衛の枕元に走り寄ると、佐太郎の向かい側に座った。

そして、初めて見る兄の佐太郎を、おいとはじっと見詰めた。

「佐太郎です」

佐太郎はそう言うと、目覚めた父親の顔を見た。

「佐太郎……」

なんと与兵衛は、歯の抜けた口を開けて佐太郎の名を呼ぶと、はらはらと涙を流した。

「おとっつぁん……」

「苦労をさせたな……」

「いいや、おとっつぁんのお陰で、こうして一人前になれました」

佐太郎も泣く。

すると、与兵衛は枕の下の何かを震える手で指し示した。

「おとっつぁん、何？……」

おいとが、父親が指す枕の下から、油紙に包んだ物を取り出した。

「お前に……お前に……」

与兵衛は、おいとからその包みを受け取ると佐太郎に差し出した。

佐太郎は一瞬ためらいの顔を見せたが、

「早く」

おいとがせかすと、それを受け取った。

すると与兵衛は、離れて座っている平七郎に気付いて手を伸ばした。平七郎を呼んでいる風に見えた。

平七郎が近づくと、

「た、立花さま、どうかこの倅が困った時には、た、助けて、や、やって下さいませ」

訴える目できれぎれに言った。平七郎が頷くと、与兵衛は安堵したように深く息をついてから、そばのおいとを見やり、

「兄さんと仲良くするんだぞ」

言い聞かせた。それで与兵衛は疲れ切ったのか、また眠りに入ってしまった。

「佐太郎さんとやら、それは、おかみさんにお渡し下さい」

番頭の伊助が手を差し出して、佐太郎の手にある油紙に包んだ物を渡すよう促した。

佐太郎は、言われるままに差し出そうとした。だがその時、

「伊助、何を言っているの。それは、おとっつぁんが佐太郎兄さんに渡したものよ。お前は余計なことをするんじゃない！」

おいとは番頭を叱りつけた。

おくまが、そんなおいとを睨みつける。

「おいと、お前はそれでいいのですか。その書状に、おとっつぁんが、店は佐太郎に譲るなんて書いてあったらどうするんですか。この人は、この丸田屋の財産

が欲しくて、立花さまにまでご足労願って、ここにやってきたんですよ」

怒り心頭、おくまが叱る。

「おかみさん、おかみさんがおっしゃる通りの書状ならば、佐太郎はこの書状、おかみさんにお返しします。私は、ただ、ひと目、父親に会いたくてやってきたんですから……」

佐太郎は両手をついた。

「お内儀《かみ》……」

黙って見守っていた平七郎が口を開いた。

「佐太郎は、お内儀が疑っているような男ではないぞ。俺もたまたま知り合って一緒にここに参ったのだが、信じてやるがよかろう」

「だって立花さま……」

何か言おうとしたが、与兵衛がうめき声を上げ、顔を顰《しか》めたものだから、おくまもぎょっとして口をつぐんだ。

そして皆、与兵衛の顔をのぞき込む。

与兵衛は、やはり眠りの中にいるようだった。

一同ほっとしたところで、平七郎は佐太郎を連れて部屋を出た。

おしげが待つ店先に戻ったが、

「おしげ、大丈夫か」

平七郎は、蹲《うずくま》っているおしげを抱き起こした。

薄明かりの店先の行灯《あんどん》が、おしげの苦しげな表情を映し出している。

「熱がある。秀太、医者だ」

平七郎が叫ぶ。だがおしげは、

「旦那、医者の薬なら今日貰ったところです。帰って眠れば大丈夫です」

気丈に言った。

「おしげさん、すまない。私が長屋に送ります」

佐太郎は、おしげを抱えて立ち上がった。だがすぐに、おしげは佐太郎の腕から崩れ落ちる。

「虎吉《とらきち》、そこの辻《つじ》の駕籠《かご》を呼んできておくれ」

おいとが出て来て、店の若衆に言いつけると、

「おしげさんを乗せてあげて下さい。おしげさんは、ついこの間まで、ここで働いてくれていた人です」

おいとは言った。

平七郎も秀太も、二人をほって帰るに帰れず、結局おしげを辻駕籠に乗せ、長屋に運び入れると、佐太郎が煎《せん》じた薬を飲ませ、寝かし付けた。

「この通りです。立花さま、平塚さま、お礼の言葉もございません」

佐太郎は、おしげの容体が落ち着くと、平七郎と秀太に頭を下げた。

「何、これも何かの縁だ。この江戸にいるうちに、また何か困った時には言ってくれ」

いきさつを身をもって知ってしまった今では、もう知らぬではすまなくなっている。

佐太郎は神妙に頷くと、

「それでは、申し訳ございませんが、親父殿から渡された物を、一緒に確認していただけませんでしょうか」

と言う。

「分かった」

平七郎が頷くと、佐太郎は父親から貰った油紙の包みを開けた。

中には美濃紙に書かれた遺言状が入っていた。

佐太郎は取り上げて黙読する。読み終わると難しい顔で、その手紙を平七郎に渡した。

「よいのか?」

佐太郎は頷いた。

平七郎と秀太も目を通す。

「これは……店を佐太郎に譲ると書いてあるではないか」

秀太は驚いて佐太郎の顔を見た。

与兵衛の遺言は、店の沽券《こけん》については、佐太郎とおいとが半分ずつの権利とする。

店の経営は佐太郎に任せる。

ただし、おくまを生涯母として尽くすこと。またおいとの面倒をみること。おいとが嫁入りする時には、相応の支度《したく》をしてやること。

売り上げは、沽券半分の対価として、おいとに相応の分を渡してやること。

伊勢の母については、仕送りをしてもよいし、江戸に呼び寄せて、別宅で暮らさせてもよい。

そんな事が箇条書きに記されていた。

佐太郎は呆然としている。困惑しきっているのが分かった。

平七郎も秀太も、黙って佐太郎を見守った。

だが、やがて秀太が言った。

「どうするんだ、あのお内儀に渡すのか……」

「渡そうかと考えております。でも親父さんが生きている間は預かっておいた方が良いかなとも思います。親父さんの耳にでも入ったら、落胆させるに違いないですし……」

「馬鹿な奴だ」

秀太は言った。

「!……」

「そうじゃないか。丸田屋の旦那は跡取りがいなくて困っていたんだ。おいとに養子を貰うことだって出来るが、親父さんは自分の倅に継がせたいと思ったんだ。だから、おしげ婆《ばあ》さんに頼んで、お前のおっかさんに文を送ったんじゃないか」

「しかし」

「何がしかしだ。お前が本当に親父さんの事を思うなら、丸田屋を継ぐべきじゃないのか」

秀太は佐太郎の態度に苛立《いらだ》っている。

「………」

佐太郎は、叱られた子供のように俯いた。

「遠慮もいいが、遠慮するばかりが美徳とはいえぬぞ」

秀太はたたみかける。

「それはそうですが……」

佐太郎はそう言って、また口を閉じた。

「佐太郎、お前は親父さんをまだ恨んでいるのか……」

じっと二人のやりとりを聞いていた平七郎が訊く。

「恨む気持ちもありましたが、病に臥せるあの父が、力を振り絞って、私を認めてくれたことで、私は気持ちが変わりました」

「うむ」

「血の繋《つな》がりがこんなに強いものだったとは……どんなに憎らしく思っていても、一瞬にして絆を感じ取ることが出来るものだと思いました」

平七郎は頷いた。

「ですから、この遺言についても、私は一瞬、有り難い、出来るものなら受けてみたいと、そうも思いました。親父さんが案じている店のこの先を私が受けて良いものかと悩みます。ですがやはり、おかみさんやおいとさん、番頭さんや奉公人の皆さんにこころよく受け入れられなければ、私が店を任されても決してうまくいくとは思えません」

「ふむ……」

「それに、伊勢のおっかさんがどう思うか……」

「ふむ」

「ただ、親父さんが私に掛けてくれた期待を思うと……」

「佐太郎、今すぐ決めなければならぬ問題でもなかろう。よくよく考えてから決めればいい。まずはおしげ婆さんの回復を待って相談してみろ。むろん俺も相談に乗る」

平七郎の言葉に、佐太郎は頷いた。

「さて、帰るか秀太」

平七郎は秀太を促して立ち上がった。

三

平七郎が通油町《とおりあぶらちょう》にある一文字屋に向かったのは昼過ぎのことだった。

大通りの雪は溶けているが、あちらこちらにかき寄せた雪が残り、通りは全体がまだ湿っていて、雪駄《せった》では足下が悪かった。

子供たちがかき寄せた雪で団子をつくって遊んでいるのを横目に、平七郎は店の中に入って行った。

「これは平さん……」

摺《す》った読売を重ねている辰吉が、振り向いて迎えた。

「どうだ、おこうの風邪は……」

平七郎は、上がり框《がまち》に腰を掛けた。

今年は風邪のはやり年なのか、あのおしげもそうだが、例年よりも風邪を引いて寝込んでいる者が多いという話を聞く。

おこうが風邪を引いて、店は辰吉が任されていると聞き、見舞いがてら立ち寄ったのだった。

「おこうさんはもう大丈夫、熱も下がりましたし、今朝からお粥《かゆ》を食べています」

「それは良かった」

「平さん、やっぱり心配して下さったんですね」

辰吉は、くすりと笑った。

「当たり前だ。一文字屋と立花家は親の代からの古いつきあいだ」

「それだけじゃないと思いますがね」

辰吉は、ちょっぴり皮肉っぽく言った。

「辰吉、お前はなんだな。近頃妙に俺につっかかるようになったな」

「何が原因なんでしょうね」

「ほらそれだ、その言い方」

落ち着きの悪いやりとりをしているところに、おこうが綿入れの袢纏《はんてん》を肩に掛けた姿で店に出て来た。

「すみません、こんな格好で……」

「いいのだ、寝ていなさい。様子を見に来ただけだ。店の方は辰吉がきちんとやっているようだし、心配はいらぬのではないか」

平七郎は、摺り終わった読売を取り上げて、おこうを促した。

だが、その目が、読売の紙面をとらえた。

「おい、これは何だ……謎《なぞ》の死とは？」

紙面には、深川の油問屋『山崎屋《やまざきや》』の主が、大川《おおかわ》に身を投げて亡くなったが、家人は自殺じゃない、殺されたんだと南町奉行所に訴えた。だが、南町奉行所では既に裁定が下ったものだと、取り合ってもらえなかったとあり、家人の怒りが綴《つづ》られているのだった。

「どうやらこの自殺には深い闇《やみ》がありそうなんですが、あっしが見たところ、南町は家人を門前払いしたようですから、自殺で決着でしょうね。せめて家族の人たちの憤《いきどお》りを世の中に伝えてやりたくて書いたんです」

「辰吉も腕を上げたな」

平七郎が感心すると、

「なあに、おこうさんが忙しいんですから、こっちも頑張らなくてはって思っているんです」

辰吉は謙遜《けんそん》した。

「おとっつぁんが手がけた仕事を整理するのに手間がかかっているんです。辰吉の頑張りには頭が下がります」

おこうが言った。

「何時《いつ》本になるのだ？」

平七郎が訊く。

おこうの父親総兵衛が読売に摺った事件や出来事を、一冊の本にしないかと声を掛けたのは日本橋《にほんばし》の通りにある絵双紙問屋『永禄堂』だが、その跡取り息子の仙太郎は、おこうに縁談をもちかけている人物だ。

実は今日の夕方仙太郎と会うことになっているのだが、平七郎は仙太郎に関わる話をおこうに訊くのは、複雑な気持ちがない訳ではない。

「今年中には無理かもしれません。いくら辰吉に頼ると言っても、私も任せっぱなしにはできません」

「ふむ」

「ところで平七郎さま、最近上村《うえむら》道場に行かれましたか？」

おこうは、通い女中のお増《ます》が運んで来た御茶を平七郎に勧めながら言った。

「いや」

平七郎は茶碗をとって熱い御茶を飲んだ。

おいしい御茶だと思った。

「この御茶、仙太郎さんの差し入れなんですよ」

横から辰吉が言う。

いちいち気に障る辰吉の言葉だが、

「ほう、うまいな」

平七郎は、平然として言った。

上村道場というのは、平七郎の友人で、上村左馬助《さますけ》が久松町《ひさまつちょう》に開いている道場のことだ。

左馬助は平七郎とは同門で、北辰一刀流《ほくしんいっとう》の千葉《ちば》道場では三羽がらすと呼ばれた程の腕前だ。

だが、もともと浪人だった事から、腕はあっても仕官の口がなく、ようやく稽《けい》古場《こば》十坪ほどの道場を開いたという経緯がある。

付近には武家屋敷もあるにはあるが、弟子が集まらず、八百屋《やおや》などの町人を弟子としており、実は秀太も一から剣術の手ほどきを受けている。

平七郎は忙しさにかまけて、ここしばらく左馬助の道場には足を向けてはいなかった。

だが時折秀太から、道場の様子や左馬助のこと、また左馬助の内儀妙《たえ》のことや、二人の間に生まれた一粒種の美里《みさと》のことなど、聞いてはいた。

「一度お訪ね下さいませ」

おこうは、御茶を一口含んでから、平七郎の顔を見た。

「何かあったのか」

少しやつれたかに見えるおこうに訊くと、

「私、五日前においしいお菓子をいただいたものですから、美里ちゃんに差し上げようと思って道場に行ったんです。その時に左馬助さまから平七郎さまに伝言してほしいって言われまして……何か相談に乗って欲しい感じでしたよ。すぐにお伝えしようと思っていたのですが、この通り、風邪で臥せってしまったものですから……」

「分かった、久しぶりに行ってみるか」

平七郎は、残りの御茶を飲み干して立ち上がった。

「えい、えい、えい！」

「えい、えい、えい！」

狭い道場の打ち合いは、道場の底が抜けるほどの激しい気合いに包まれている。

上村道場の稽古場の壁際《かべぎわ》に立った平七郎は、弟子たちの打ち合いを眺《なが》めながら、かつては自分もああだったと、若い頃の屈託のない時代を思い出していた。

打ち合いをしている門弟は全部で六名、ほとんどが町人髷《まげ》の男子だった。

秀太と打ち合っている男は、どこかの若党か中間《ちゅうげん》かと思われるが、ひときわ激しさが目立っていた。

目の光が強く、相手の秀太に容赦なく打ち込んで手をゆるめない。その姿は、剣への執着ぶりを思わせる。

「そこまでだ！」

左馬助が道場に入って来て、手を打って門弟に合図した。

皆は、左馬助の所に走り寄ると、

「ありがとうございました」

礼儀正しく一礼して、井戸端に走って行った。

「久しぶりだな、平七郎」

左馬助がにこりとして近づいて来た。

「うむ、おこうから聞いたのだ」

「そうか……どうだ、一杯やりながらというのは……もうすぐ妙も帰ってくる。美里が風邪気味で医者に行ったのだ」

「いや、今日はゆっくり出来ぬ。何の話か気になってな。呑むのはこの次にしよう」

「残念だな。で、話というのは、今日の打ち合いを見てくれたと思うが、秀太と組んでいた男を見たか？」

「ああ、なかなか熱心だった。あれなら上達も早いだろう」

「そうなんだ、ここに通い始めて半年ばかりだが、あ奴には少々事情があってな。俺もそれで考えているのだ。このまま剣術を教えていいものかどうか」

左馬助は賑《にぎ》やかな井戸端の方に視線をやった。

「どういうことだ。何者なんだ？」

「もとは百姓の倅で新助《しんすけ》という者だが、今は三千石の旗本の中間に雇われておる」

「ふむ、だったら剣は使えるようにしておかなければならぬだろう」

「それが、新助は父親の敵《かたき》を討ちたいがために、ここに通ってきているのだ」

ずにいる。

平七郎は、井戸端に目をやった。

おしゃべりに花を咲かせている門弟たちの中で、新助だけが険しい表情を崩さずにいる。

同輩たちの話も聞こえているのかいないのか、黙々と体を拭《ふ》き、手ぬぐいを洗って絞っているのだ。

「相手が悪い。どう頑張ったって勝ち目はないのじゃないかと……」

「誰なんだ、敵は」

「関八州《かんはっしゅう》の手附《てつけ》だというのだ」

「何、関八州だと……」

「そうだ、奴らは怖い物しらずだからな。新助に分があるとは思えぬ。それで、お前は百姓なんだ。百姓は仇討《あだ》ちなど認められておらぬから止《や》めておけ、そう言ったんだが、自分は失敗して死んでもいいんだと言うのだ」

「………」

「みすみす殺されるかもしれない話に手を貸すことは、俺としては気が乗らぬ。ところが妙が、無下にするのはいかがなものか、などと言うものだから、俺も困って、おぬしの意見も聞いてみたいと、まあ、そういう訳だ」

平七郎は頷いた。

考えてみれば、妙もこの江戸に出て来たのは、父親の敵を討つためだったのだ。

新助と同じく、当時独り身だった左馬助の道場に、剣術稽古つきの女中として雇ってもらったという経緯がある。

妙の敵は、父の目を盗んで不義を働き、父を殺して駆け落ちした母の志野《しの》と、不義の相手である父の配下の橋本格之進《はしもとかくのしん》だった。

母の志野は、妙が左馬助の道場で暮らすようになってまもなく、病に倒れ、まもなく死亡した。

そして格之進を討つことになるのだが、この時平七郎は検視役を担ったのだ。

格之進はわざと妙に討たれて亡くなったが、事の真実は妙が考えているようなものではなかった。

実は志野と格之進は当時不義の仲ではなかったし、父を殺してもいなかった。悪事を働いた者は別にいて、母も格之進も被害者だったのだ。だが、それが分かったのは、敵討ちが終わった後の事だった。

その時の釈然《しやくぜん》としない気持ちは、左馬助にも平七郎にもある。

幸い妙は、国元の理解も得られ、結局左馬助の女房になった訳だが、再び敵を狙う者を弟子にして、左馬助が悩む気持ちも良く分かるし、妻の妙がほっておけないと同情する気持ちも、分からない訳ではない。

「おぬしに押しつけてすまぬが、一度新助の話を聞いてやってくれぬか。今ならまだ間に合う。相手の居場所も分からぬらしいのだ」

「八州の手先だろう」

「それが、とっくに手附を辞めているらしい」

「だがどこにいるのか分からない……」

「そうだ、だからまだ間に合う。出来るならば敵討ちなど止めて、国元に帰るように言い含めてもらいたいんだ」

左馬助は、ちらりと井戸端の方に視線を走らせた。

新助は汗を拭き終わって帰り支度をし、皆に、

「お先に」

と頭を下げて帰って行った。

門弟たちと冗談を言っていた秀太が、平七郎の視線に気付いて、にこにこして

手を振っている。

「分かった、折を見てやってみよう」

平七郎はそう言うと、顔を戻して左馬助に頷いた。

四

「いやいや、忙しい方をお待たせしました」

柳橋《やなぎばし》の小料理屋に、集金袋をぶら下げて仙太郎がやって来たのは、平七郎が店に入ってから四半刻（三十分）は経っていた。

平七郎は、女将に小座敷を案内されると、かまわず一人でちびりちびりやっていた。

「もう蕗《ふき》の薹《とう》が出ているんですよ」

女将が当てに出してくれた蕗の白味噌和えを肴に、平七郎は今日ここに呼ばれたことの意味を考えていた。

相手は仙太郎だ。

一度は所帯を持ったことがあるという話だが、おこうに対する言動は、まるで初めて女の魅力を知った若造のようなのぼせあがったところがあると感じられる。

ずっとおこうの返事を待っている状態で、辰吉などは、おこうが心を決められないのは平七郎のせいだと、仙太郎が現れてから、ずっとちくちく嫌みをいうのだ。

——確かに俺のせいでもある。

平七郎は、手酌で呑みながら考えていた。

おこうが、一文字屋を畳《たた》む決心をするのは難しいだろう。

そう思うと、自分の感情のままに、一緒になってくれとは言えないでいる平七郎なのだ。

「しかし、こんな時間まで集金しているのか」

平七郎は、座った仙太郎に言った。

「絵双紙屋なんてそんなもんです。油や反物《たんもの》を売るのとは違って、利ざやが少ない。しかも相手にしている本屋や小売りの絵双紙屋も景気が悪くてね。常に目を光らせて、とりっぱぐれのないようにしなければ、こっちが潰れるんですから……」

仙太郎は笑った。

「まあまあご冗談でしょ。日本橋の永禄堂さんといえば、絵双紙屋の看板を上げてはいらっしゃいますが、良い本をたくさん出版なさっておりますし、第一永禄堂さんはお店の規模も御府内一ではございませんか」

女将がにこにこしながら入って来て言った。

女将の後ろには膳《ぜん》を持った仲居がついてきていて、素早く二人の前に膳が置かれる。

「おいおい、女将、大げさだ」

仙太郎は苦笑した。

「大げさなものですか。それもこれも、仙太郎さま、あなた様のお働きはお見事だと、皆さん、褒《ほ》めていらっしゃいますよ」

女将は言いながら、平七郎と仙太郎の盃に酒を注ぐと、

「今日は小鯛のいいのが入りましたので、石焼きにいたしました。それと山芋《やまいも》の煮た物、そしてこちらが、末広《すえひろ》さんのかまぼこです。またこちらは、干し椎茸《しいたけ》と干し大根と、それにお揚げを甘辛く炊《た》いてあります。ああ、そうそう、こちらはヒラメの膾《なます》です」

ひとつひとつ説明してから下がって行った。

「どうぞ、今日は私がおごります」

仙太郎は言った。

「では遠慮なく、といいたいのだが、こんな所に呼びつけて、話は何だ……」

平七郎は盃の酒を呑み干すと、膳の上に置いた。

「決まっています、おこうさんのことです」

仙太郎はにこにこしてみせると、

「おこうさん、まだはっきりとした返事をくれないんです。辰吉さんに聞いたら、平七郎の旦那のことがあるのじゃないかというものですからね。果たしてあなたは、おこうさんを妻に迎える気持ちでいるのかどうか、それをお聞きしたいのです」

「分かった。本当のことを言おう。俺はおこうを妻にと考えたこともある。いや、今でも考えない訳ではないが、父親が残した一文字屋の事や、それを守っていこうとするおこうの姿を見ていると気持ちを伝える決心がつかんのだ」

「やっぱりね、私もそうではないかと思っていました。でもだからと言って、はい、そうですかと、私は引き下がりませんよ」

平七郎をじっと見る。

「うむ」

「私は、おこうさんの父親の総兵衛さんが読売にした仕事の数々をいま本にしようとしています。これは後世に、この時代にはこんな事があったのだという事を残す貴重な資料になると思って手がけているんですが……」

仙太郎は、昂揚《こうよう》した顔で、盃の酒をぐいっと呷《あお》ってから話を続けた。

「これがなかなかのものでしてね。あの親父さんは、あなたのお父上や、むろんあなたの手助けもしていたようですが、事件のひとつひとつを、いい加減なことで書きあげてはいないんです。きちっと裏打ちされた記事を書いている。私は驚いていますよ」

「うむ……」

平七郎は頷く。仙太郎の言っていることは良く承知しているからだ。

「そんな親父さんが守ってきた店です、一文字屋は……私は、おこうさんは、店は畳めないだろうと考えています」

「……………」

「そして最後には、私と一緒になることを選ぶ筈です」

「それほど自信があるのなら、俺を呼びつけることもないだろう」

「確かに。でも言っておかなくては、後で、盗られた奪われたなどと言われても困りますから」

「そんな事を言うものか。おこうは賢い女だ。自分の意思をもって決める筈だ」

「いや、その通りです。あなたは卑怯なことはしない人だと分かっています。実は私もあなたを知ってから、悔しいが、あなたをだんだん好きになっているんです」

平七郎は苦笑した。

「橋廻りなんてつまらないお役をこつこつやりながら、大きな事件を解決し、その手柄を決して自分のものにはしていない。男気のある人ですから」

なんだか褒めているのか冷やかしているのか分からんな、と思っていると、

「そういう人と、一人の女子を張り合うというのは、男冥利《みようり》につきるというものだ。お互い、正々堂々といきましょう、と、それを伝えたかったのです」

「一にも二にも、この話は、おこう次第だ」

「確かに……まっ、今日は呑みませんか。改めてお近づきの印に……」

仙太郎は、盃を掲《あ》げて一気に呷った。

「ふむ……」

気圧《けお》されて盃をとった平七郎に、

「そうだ、妙な噂を聞きましたよ。今日得意先回っていて聞いたんですが、さるお旗本では中間賭博《とばく》が盛況らしく、一晩に十両、二十両賭けるのは序の口で、百両、二百両の金が飛び交っていると……」

「……！」

「ほら、目の色が変わりましたね」

仙太郎は、ふっふと笑って、

「おこうさんの事だって、それぐらい敏感に真剣にならないと所詮《しょせん》あなたは自分の天職が第一……だからきっと私が勝つって言っているんです」

「その話、まことの話か……中間賭博のことだ」

平七郎は訊き返した。

「私に話してくれた人物は、歴とした商人です。その人の言うのには、町奉行所の同心も出入りしているらしいと言っていましたが……」

「何、同心も……どこだ、その旗本屋敷は」

「西本願寺《にしほんがんじ》の辺りだって言っていました。ただ、旗本の名は聞いていません」

――聞き捨てならぬ。

平七郎は思った。

「平さん、工藤さんが何者かに襲われたようですよ」

役宅を出ようと玄関に出た平七郎に、強《こわ》ばった顔でやって来た秀太が告げた。

「何、何時のことだ」

「海賊橋《かいぞくばし》の西袂、本材木町《ほんざいもくちよう》の河岸地《かしち》に、虫の息で転がっていたのを、今朝早く犬を散歩させていた者が見付けて、今は青物町《あおものちよう》の外科医の診療所で手当を受けているということです」

「命は、助かったのか？」

「危ないようです。お内儀と娘さんの二人が診療所で看病しているようですが」

「そうか、動かせないほどの重体ということか」

「そういうことだと思います」

「よし、まずは見舞おう」

「でも今朝は、大村様に見回りの報告に参らなければ……」

平七郎は、それを聞くと、

「又平！」

下男を呼びつけ、

「すまぬが、大村様にお伝えしてくれ。急ぎの用事が出来た。日をあらためて報告に参りますとな」

「承知いたしました」

又平は、すぐに役宅を飛び出したが、その足取りは、いかにもおぼつかない。

「大丈夫ですか。あれでは今日中に奉行所に着きますか」

秀太は心配顔で言った。

「なあに、最初はああでも、足の運びになれてくると、鶏が走るように速くなるのだ」

「ほんとですか」

思わず秀太は苦笑した。

「案ずるな。足は少々弱くなったが、頭はまだしっかりしている」

平七郎はそう言うと、秀太と二人、青物町に向かった。

足を急がせながら、医者というのは千代田《ちよだ》の城の表医師でもある玄沢《げんたく》とかいう人で、長崎で西洋医学も習得した医術に優れた人らしいと秀太は言った。

果たして、『外科医玄沢診療所』の前に立った二人は、口をあんぐりして、玄沢の家を見た。

千代田の城の表医師で著名な医者なら、さぞかし立派な屋敷だろうと思っていたのだが、二人の目に映ったのは、古い二階屋で、それも家の側面の壁が猛火にやられたのか、焦《こ》げて黒くすすけているような家だった。

診療所の看板だけが白木で目立っているものの、平七郎も秀太も俄に不安を抱きながら、

「ごめん」

玄関を入って三和土《たたき》でおとないを入れると、老婆が出て来た。

「今日はいっぱいです。明日またお出かけ下さい」

老婆は、こちらの話を聞くより先に、そう言った。

「いや、診《み》て欲しくて参ったのではない。ここに運び込まれた北町の同心の見舞いに参ったのだ」

平七郎が告げると、老婆は、ああそれならと、二人を上にあげ、診察の行われている隣の部屋に案内した。

「立花さん……」

亀井市之進が迎えた。

側に窶《やつ》れた顔の工藤の妻女と、四、五歳の女の子が涙で目を腫《は》らして座ってい
た。

「お内儀、こちらは立花、そしてこちらは平塚と申す者」

亀井が妻女に平七郎と秀太を紹介すると、

「須美《すみ》と申します」

妻女は言い、頭を下げた。

「容体はいかがですか」

平七郎が尋ねると、

「数日は油断がならないと言われました」

妻女は泣き出しそうな声で言う。

「三十針も縫《ぬ》う大けがだったそうだ。ただ心の臓は助かっている。心配なのは出
血が多かったことだ」

「そうか……」

平七郎は、工藤が弱々しい息を吐き、肩口を包帯で巻いた変わりはてた姿を見
やった。

ふっと先日、弾正橋を渡って行く工藤の後姿を見送った事を思い出した。あの

時の悄然《しょうぜん》とした姿と、今目の前で虫の息となっている工藤が重なって見える。

「一体、誰にやられたのだ?」

亀井に顔を向けた。

「分からぬ。工藤さんが倒れているのに気付いたのは、海賊橋東袂にある辻番の男二人だということだが、分かっているのはそれだけだ」

「亀井さんは何も聞いてはいなかったのか」

「私は、はやり風邪で臥せっていたからな。だから工藤さんは一人で探索していたのだ。私は何も聞いていない。私がついていれば、こんな事にはならなかったんだが……」

沈痛な顔で亀井は言う。

——亀井に訊いてもらちはあくまい……。

平七郎は、妻女の須美を励ましてから、秀太と二人部屋を出た。

玄関まで戻ると、丁度最後の患者が帰って行くところで、待合の場所には誰もいない。

平七郎と秀太は顔を見合わせると、診察室に入って行った。

「玄沢先生でございますな。北町の立花と申す」

五

「傷は深いですな。命の保証はできません」

玄沢は、取り散らかした外科の診療道具を片付けながら平七郎と秀太にきっぱりと言った。

「あれだけの傷だ。刀傷に間違いないのだろうが、先生、刀傷はどのようなものだったか教えていただけませんか」

「そうだな」

玄沢は平七郎の問いに手を止めて座り直すと、机の下に置いてあったとっくりを取り出して茶碗に注ぎ、ごくりと呑み干した。

「診察が終わったら一杯やることにしている。それが私の楽しみだ。やりますか……」

平七郎にとっくりをあげて訊く。

「いえ、仕事がありますから」

「そうだな、わしも今日は深酒は厳禁だ。重篤《じゅうとく》の患者がいるからな」

苦笑してから、

「刀傷だな。背後から斬られていた」

そう言って頷いた。

玄沢は体つきも小作りで、医者としての迫力に欠ける。しかも顔は丸く目は細く、人相も貧相だ。

おまけに酒好きの様子だが、それらひとつひとつが外科医としての信用を落としているように見える。

ますます心配は膨《ふく》れあがったが、

「背後ですか、すると、工藤さんは刀を抜く間もなかったのかな」

訊かずにはいられない平七郎だ。

「抜いていたのはいたようですな、刀に血のりがついていましたから。工藤殿を襲った輩《やから》も怪我を負っているに違いないのだが」

玄沢は言い、

「そうだ、懐から財布が消えていたようだ。これはお内儀が確かめた」

平七郎に頷いた。

平七郎は工藤の命を救ってやってほしい旨《むね》玄沢に頼み、診療所を出た。

「平さん、工藤さんは白魚の店で言っていましたよね。今調べているものがあるんだって、得意げに……」

「うむ、俺もそれを考えていたんだが、亀井さんはまったくその事は知らなかったようだから、話にならぬな」

「頼りない相棒です、まったく」

「秀太、海賊橋に行ってみるか」

「平さん、早速調べるんですか」

「放ってはおけまい」

海賊橋に向かったその時だった。

背後に小走りしてくる足音が聞こえたかと思ったら、

「お待ち下さいませ」

須美が走って来た。

「お願いがございます」

立ち止まって振り返った平七郎と秀太に、

「立花さま、どうぞ、夫の敵をとって下さいませ」

須美は必死の表情で言った。

「そのつもりです。できる限りやってみます」

平七郎が応《こた》えると、

「ありがとうございます……」

須美は頭を下げると言葉を詰まらせた。

冷たい風が、袖で目頭を押さえる須美の乱れ髪を、ふわっと揺らして過ぎていく。

「須美どの……」

平七郎は歩み寄った。

「すみません。突然、想像もしていなかったことに直面して」

「無理もない」

「お役柄、覚悟がなかった訳ではございませんが、取り乱しました。お恥ずかしい次第です」

須美は、慌てて涙を拭うと、

「立花さま、夫は常々、わが北町には優秀な男がいる。それは立花さま、あなた様だと自慢げに申しておりました。私も立花さまのお姿を遠くから拝見したことはございますが、そのあなた様に、まさかこんな事でお会いして、こうしてお願いするようになるとは思ってもいませんでした」

「…………」

平七郎は、秀太と顔を見合わせた。

常々ちくちく嫌みを言っていた工藤が、内儀にそんな話を洩らしていたとは意外だったが、須美の口をついて出た言葉が、その場を繕《つくろ》うためのお世辞とは思えなかった。

「その、夫が尊敬しております立花さまに敵をとっていただけましたら、夫もどんなに喜ぶかしれません」

「須美どの、工藤どのは、きっとよくなりますぞ」

「はい、もちろん、そう信じています。でも命に別状なかったとしても、しばらくお役所には出向くことは出来ないと思います。それほど大きな傷でした。出仕できなくても、自分が不覚をとった事件を立花さまが探索して下さっている。そして決着して下さったと知れば、どれほどの励みになるか……」

須美は必死だ。

熱い願いが白い頬を染めている。

「分かりました。工藤どのの元にお戻りを。あなたが倒れては看病に差し障りがある。何かあった時には、いつでも、知らせて下さい」

平七郎は、須美を労《ねぎら》った。

だがすぐに、

「お待ちを」

引き返そうとする須美を呼び止めた。

平七郎は懐から煙草入れを取り出すと須美に手渡した。

「工藤どのが、なじみの店に忘れていたのだ」

「お手数を……」

須美は両手で包むように煙草入れを持った。今にも涙をこぼしそうになった須美に、平七郎は訊いた。

「あなたは、工藤どのが、何を探索していたのか聞いていますか」

「いえ」

須美は首を振った。だが、

「ひとつだけ……工藤は、こんな事を口走ったことがございました。近頃は腐った旗本が多すぎると」

「腐った旗本、そう言ったのですな」

「はい、お食事の時でしたが、何があったのか、こちらから訊きもしなかったのですが……必ず表に引きずり出してやる、なんて勇《いさ》ましいことを申しておりました」

平七郎は頷いた。

須美は、深く頭を下げると、煙草入れを胸に抱くようにして、小走りして引き返して行った。

「工藤さんには勿体《もったい》ないお内儀じゃありませんか」

秀太は、須美を見送りながら呟《つぶや》いた。

二人はすぐに楓川に架かる海賊橋に向かった。

そして本材木町の河岸地に入ると、同心一人と岡っ引一人が、枯れ草の中をなにやら探している。

「高松《たかまつ》さん……」

平七郎は同心に声を掛けた。

「これは立花さん」

高松と呼ばれた男は、懐かしそうな顔で見迎えた。

高松吉次郎《よしじろう》といって臨時廻りの同心で、定町廻りが手薄になった時に助っ人に入る役目を担っている。

「工藤さんの件ですね」

吉次郎は以前とかわらぬ人のよさそうな顔で、そう言った。

「そうだが、おぬしもか……」

「はい。何者かに襲われたでしょう、工藤さん。それでかり出されました」

「そうか、俺は見舞いに行ってきたところだ」

「どうでした……もう駄目じゃないかという噂ですが」

吉次郎は声を潜《ひそ》めた。

「いや、予断は許さないところだろうが、まだ希望はある」

「ならいいんですが、あの工藤さんが命を狙《ねら》われるような探索をしていたんだとみんな驚いているんです」

「うむ」

「それで、お奉行所の威信に賭けても下手人を捕まえろということで私はかり出された訳でして……皆、襲われた理由がまだ分かっていないだけに、奉行所に恨みを持った者の凶行なら、順番にやられるんじゃないかという者もいて、戦々恐々です」

　平七郎は苦笑して頷くと、

「良い機会だ、紹介しよう。こちらは平塚秀太という私の相棒です」

　秀太を紹介した。すると、

「高松です。平塚さんの事も聞いていますよ。随分と詳しく日誌をつけているとかで、立花さんも助かっているんじゃないですか」

　ぽっちゃりとした顔に笑みを載せた。

「よく分かっているじゃないか。その通りだ、俺は日誌など面倒くさい」

　平七郎が苦笑すると、

「でも立花さんも探索に手を貸してくれるというのなら、大変ありがたいことです」

　吉次郎は喜んだ。

「ところで、何か下手人に繋がる物でも見つかったのですか」

　平七郎は、言いながら辺りを見渡した。

「いえ、証拠になるようなものは何も……」

　枯れ草の中を探していた岡っ引が応えた。

「平さん……」

秀太が一点を指さした。

「血の跡だな……」

平七郎は、べったりと付いている血の塊《かたまり》をじっと見詰めた。

「平さん、対岸の橋袂に辻番所があります。あそこの番人なら何か見ているかもしれませんよ」

秀太は、海賊橋東詰の、三河西尾《みかわにしお》藩六万石、松平和泉守《いずみのかみ》の上屋敷前にある辻番所を指した。

「いや、何も知らないようだ。先ほど訊いてきたところです」

吉次郎はそう言ったが、平七郎と秀太は、吉次郎が町奉行所に引き返して行くと、海賊橋を渡って辻番所に向かった。

辻番所というのは、大名自らが屋敷周辺の通りに治安のために設けているものと、小さな大名や旗本などが共同で出しているものがある。

大概番人は二人ほどいて、大名一家の場合は下級武士が務めているし、共同の場合は、そういった者たちを請け負う口入れがあり、その場合は浪人や、まったく剣も使えないような者たちが就く場合もある。

「ごめん」

秀太が声を掛けると、中に居た二人の中間が、面倒くさそうな顔を向けた。

この辻番所は大名一家のもので、中間がその任に当たっているらしかった。

一人は中年で、もう一人は若い中間だった。

「北町奉行所の者だが、昨夜むこうの河岸で人が襲われたが、何か気付いたことはありませんか」

「もう話したぜ、臨時廻りとかいう御仁にな……」

二人は、火鉢《ひばち》を足下に置いて、熱い湯をすすっているところだった。

「もう一度話してくれませんか」

秀太は、一朱金を二人が座る台に置いた。

「これで、あとでおいしい御茶でも飲んで下さい」

「しょうがねえな」

中間二人は顔を見合わせると、

「俺たちが気付いたのは朝方だ。それで屋敷内の仲間をたたき起こして皆で医者に運んだんだ」

中年の中間が言った。

「そうか、お陰で息のあるうちに手当を受けられたのか。礼を申す」

平七郎は頭を下げた。

「いいってことよ、お互い様だ」

一朱金が効いたのか機嫌は良くなった。

「気がついたのはその時だけなのか。暗い内に、昨夜のうちに、何か不審な音なり声なり聞かなかったのか」

平七郎は、じっと見詰める。

「聞いてないというと嘘《うそ》になるかな」

若い中間がそう言った。

「何、何か聞いたのか」

平七郎の目が光る。

「いや、これは内緒にしておこうと思ったんだが……俺たちは辻番だ、近くに異変があった時に知らなかったではすまされねえ。お叱りを受けるんだ。それで、何も知らねえ、朝方気付いたってことにしていたんだ」

「話してくれ。他言はしないぞ」

平七郎は言った。

「実は夕べ……と言っても、あれは七ツ（午前四時）前だったか、うとうとしていたら、人の叫び声が聞こえたんだ……」

中年の中間が話し始めた。

それによると、二人は異様な叫び声に気がついて体を起こし、提灯《ちょうちん》に火を入れて声の聞こえた海賊橋を渡って行った。

そして西の袂近くから、袂の周囲や河岸を照らしながら、

「おい、誰かいるのか！」

大声を出した。

その時だった。

河岸から黒い物が飛び出して、青物町の町並みの中に消えたのだ。

「どうする……」

二人は橋の上で顔を見合わせた。

黒い物が飛び出したところまで行って確めるのがお務めではないかという気がしたが、寒いのと、そこまで行って何者かに闇に引きずり込まれないかという漠《ばく》然《ぜん》とした恐怖に襲われて、

「明けてから見に行けばいい」

若い中間が言い、二人は辻番所に引き上げてきたのだった。

だが、やはり、気にはなっていた。

夜が明けるのを待って河岸に走り、同心が斬られて倒れているのを実見したのだった。

「旦那、そういうことでさ」

中年の中間は言い、これは内緒に願いたいと念を押した。

「分かった、約束しよう」

平七郎は言った。

六

「一色さま……」

平七郎が一色の部屋を訪ねた時、一色はいつもの通り、炭火で何かを炒《い》っていた。

香ばしい匂いの中に、少し妙な臭いが混じっている。そう、微《かす》かだが糞尿に似た臭いだ。

「おお、来たか。入れ」

一色は嬉《うれ》しそうに手招いた。

「一色さま、まさか、おもらしをしているということはありませんか」

一色の股の辺りをちらりと見るが、

「何を馬鹿なことを……銀杏《ぎんなん》を炒っているのだ」

「銀杏、こんな頃まで保存可能なんですか」

まもなく節分も近いではないかと驚いた。

「これはな、去年の十二月初旬に収穫したものなんだが、保存がうまくできたという証拠だ。うまいぞ」

一色の得意のうんちくが始まった。やれやれと思いながら、

「何処《どこ》で収穫したんですか」

と訊いて一色の顔を見る。

「私の役宅の庭だ。数年前に植えたのだが、やっと実がなるようになったのだ。平七郎、銀杏は雄《おす》の木と雌《めす》の木を植えておかなければ実がならぬことは知っておるか」

「それぐらいのことは……」

「そうか、知っておったか。でな、下男に言いつけて、収穫した実を土に埋め、身が腐って種の部分だけ残るのを待って掘り起こしたのだ」

「それは知りませんでした」

「だろ」

にっと笑ったのち、

「そしてそれを綺麗に洗って、一度乾かしてから油紙に包み、壺《つぼ》に入れて涼しい場所に置いてあったのだ」

「でも、少しまだ臭いが残っていませんか」

平七郎は、くんくんと鼻を鳴らしてみせる。

「嫌な奴だな、お前は。これでいいんだって、綺麗に洗ってるんだから。まあ食ってみろ。少し塩を振りかけてな、こうして……」

一色は殻を上手に剝《む》いて、ぱくっと口の中に入れ、もぐもぐと食べる。そうしてまず自身がお手本をみせ、

「これはやみつきになるぞ」

平七郎の方に懐紙に載せた銀杏を差し出した。

「じゃあ一粒……」

平七郎は口に入れる。

「どうだ……」

一色は、平七郎の返答を期待して見守っている。

「おいしいですね」

「だろ、だろ。遠慮無く食っていいぞ」

「いえもう結構です。一色さま、なぜに私に毎度毎度、焙烙《ほうろく》で炒ったものを勧めて下さるのですか」

「決まっているだろう。お前に期待しているからじゃないか」

「私にですか……」

「私はお前に目を掛けている。可愛《かわい》いんだ。なんとか手柄をたてさせてやりたいとな、それが分からぬのか?」

「はあ……」

「はあじゃないだろ。それとな、近頃思いついたんだが『焙烙で炒るおつまみ』という本を出してみてはどうかなとな。ほら、今までここで炒ってきた物をまとめたものだ」

書き付けてきた半紙の束を机の下から出してきて見せる。

この部屋で、こんな事に力を注いでいるのかと驚いて一色の顔を見ると、

「だからお前の感想が必要なのだ。うまいとかまずいとかな」

無邪気な顔で一色は協力を誘ってくる。

「お断りします。第一そんな本を出したって、誰もお金を出して買ってくれるとは思えません。『料理百珍』とかいろいろ出ていますし、きっとそれにも載っています。止《よ》した方が良いと思いますが」

「ああ、まったく！」

一色は、焙烙を下ろすと癇癪《かんしやく》を起こした。

「用がないのなら失礼します。今日は上役の大村さまへのご報告があるのです」

「そんなことは平塚に任せればよいのだ」

「そうは参りません。私は橋廻りです。橋廻りの上役は大村さまです。一色さまではございません」

「嫌なことを言う奴だ」

「申し訳ございません。では」

膝《ひざ》を立てると、

「待て、誰が帰れと言ったのだ。用があるから呼んだのだぞ」

平七郎は膝を戻して、一色の顔を見た。

「他でもない、工藤のことだが……」

ようやく一色は与力の顔に戻って言った。

「知っています。今日も見舞ってきましたが、まだ眠ったままです」

平七郎は、依然として難しい容体だと告げた。

「そうか……まだ危ないのか」

静かに頷いたのち、

「おぬしももう知っていると思うが、臨時廻りも探索している。だが、はかばかしくないようだ、最初から躓《つまず》いている。それで、やはりおぬしにひとつ当たってもらいたいところがあって呼んだのだ」

「伺《うかが》いましょう。工藤さんは昔同じ定町廻りとして同部屋だった人です。他人《ひと》ごととは思えません。何故襲われたのか突き止めたいと思っています」

「よし、実はな……工藤が襲われる二、三日前だったと思うが、商人が闇討ちにあっているのだ」

「まことですか」

平七郎の問いに、一色は険しい顔で頷いた。

「八丁堀の河岸地で殺されているのが見つかっている。辻斬りとして処理されているのだが、どうもひっかかるのだ」

「何処の商人か、分かっているのですね」

「鉄砲洲の小料理屋『江戸屋《えどや》』の主だと聞いた。私も二、三度妻を連れて行ったことがある店だ。小綺麗で魚がうまい」

「主と知り合いだったのですね」

「いや、主に会ったことはない。女将とは話した。きっぷのいい女だ。上方《かみがた》の、大坂《おおさか》の女だ。私の名を出せば、主の話を聞くのも容易だろう」

「ではそのように」

「今度の事件は、工藤を襲った事件とは関わりがないかもしれぬが、工藤と同じく、主も背後から肩を斬り下げられている」

「卑怯な」

きっと見た平七郎に一色は頷いて、

「工藤も同じだったな。背後から斬られた」

「はい、急所はかろうじて外れていたようですが、重傷です。傷口を見てはいませんが、おそらく下手人は剣を使う者です。それは間違いありません」

「まったくの類似の事件かも知れぬが、丹念に当たってみるのがよかろうと思ってな」

「分かりました、そう致します」

平七郎は立ち上がった。

「待て……」

また一色は呼び止めた。

「何か……」

「母上殿に土産《みやげ》じゃ」

一色は、炒った銀杏をすばやく懐紙に包むと、平七郎の懐《ふところ》にねじ入れた。

どうしても食べさせたいようだ。

「頂戴《ちょうだい》します」

平七郎は礼を述べると、一色の部屋を出た。

鉄砲洲の小料理屋『江戸屋』は、店を閉めて『忌中』の張り紙を出していた。

風が吹くたびに、張り紙はぱたぱたと乾いた音を立てて震えている。

平七郎と秀太は、店の中に入った。

「北町の者だ。ご亭主が殺された件について、女将に話を聞きたいのだが……」

玄関に出て来た女中《なか》に秀太がそう告げると、すぐに女将が出て来た。

年の頃は四十も半ば、小太りの女で、平七郎が一色の名を出すと、少し安心した顔をした。

「ご亭主が不幸な目に遭《あ》い、悲しみにくれている時にすまぬが、少し話を聞かせてくれぬか」

平七郎がそう告げると、女将は、

「是非、亭主の無念を晴らしてほしいと思います」

女将は、きっと睨んでそう告げた。

「亭主が襲われた当日のことだが、いったい亭主はどこに行っておったのだ」

「はい、当日亭主は掛けの集金に出かけていました。その帰りを襲われたようでございます。当日集金したお金も、袋ごと奪われておりまして、お役所は辻斬りだと……」

「それだが、少し詳しく調べてみたいのだ」

「ありがとうございます。辻斬りだと決めつけられて、どうやって敵を討てるものかと考えていたところです」

「何、女将が敵を……」

驚いて訊き返すと、

「ええ、黙ってやられっぱなしでは、上方の女が廃《すた》る。これでも私は、長刀《なぎなた》をならったことがあるんですよ」

「危ない真似《まね》は止した方がいい。そのために町奉行所があるのだ」

「そのお言葉、信じますよ」

女将は、きっと見ると、

「おみやさん、あれを持ってきて頂戴！」

声を上げた。

するとすぐに、先ほど取り次いでくれた女中が一枚の紙切れを持って来た。

「これが、当日亭主が回った得意先でございます」

女将は平七郎の前に差し出した。

「ふむ」

取り上げて平七郎は一覧した。二十件ほどの名が連ねてあって、町人も武家も混じっていた。

「ここにある得意先との間に、何か問題があったのか？」

「ええ、何軒かは、なかなか支払ってもらえなくて……」

「女将、これ、徳山《とくやま》さまとあるのは？」

秀太が気付いて訊いた。

「その方は、お旗本の徳山蔵人《くろうど》さまのことです。そちらのお屋敷もいろいろと難しいことがございまして」

女将は顔を顰《しか》めた。

「何があったのだ？」

「ずいぶんと付けがたまっております。何度も料理を注文されて、それは良いのですが、そのたびにお屋敷まで運びましてね。ところが代金を一度も支払ってくれないどころか、出前をした時のお皿まで返してくれないのです」

「そんなところを、何故いつまでも相手にしたんですか」

秀太が訊いた。

「定町廻りの工藤さまにも、同じことを言われました」

「何、工藤さんは、そのこと、知っておったのか」

平七郎と秀太は驚いた。

「はい。あのお方も、こちらには時々お内儀さまと足を運んで下さいまして、その時に、ちらっとお話ししましたら、悪い武家には近寄らない方がよいとおっしゃって……」

「それは何時の話だ」

「一月も前でしょうか。ここしばらく、工藤さまはこちらにはみえておりません」

「………」

平七郎は、工藤が瀕死《ひんし》になっている事を話そうかと思ったが、止めた。

「こちらとしても、おつきあいは止めたかったのですが、ひとつは、大切なお皿や鉢を取り戻したいという思いと、亭主の碁敵《ごがたき》だった深川の山崎屋さんからご紹介いただいたお客様だということもありましてね」

「ちょっと待て、女将、今、深川の山崎屋と言ったな」

平七郎には、その名が頭のどこかにひっかかっていた。

――そうだ、辰吉から聞いた名だ。

と思って女将の顔を見ると、

「はい、半月前ですが、山崎屋さんは大川に身を投げてお亡くなりになりまして……」

「家族の者は自殺じゃないと訴えたが、南町は自殺で決裁したと……」

「はい、その通りです。亭主も、あいつが自殺なんてするものかと怒っておりました」

「…………」

「そしたら今度は亭主が殺されて……この世はいったいどうなっているのかと……お店畳んで上方に帰りたい気分ですよ」

女将は怒りをあらわにして、平七郎と秀太を見た。

七

「深川の山崎屋は自殺じゃないと言う人がいたんですね。やっぱりね、あっしも自殺なんかじゃないと思ってましたよ。だから読売に書いたんですから」

辰吉は平七郎の話に相槌を打つと、

「あっ、申し訳ございやせん」

御茶を運んで来た里絵に頭を下げた。

「おこうさんの具合はいかがですか。はやり風邪で寝込んでいたと聞きましたが……」

里絵は訊く。

「へい、ありがとうございます。そろそろ仕事を始めようかな、なんて言っていましたから、もう大丈夫です」

辰吉は、恐縮した顔で御茶を取り上げた。

「それはよろしゅうございました。お元気になりましたら、頼みたいことがありまして」

「なんでしょう、おこうさんに伝えますが」

「家の中のこと、それから外へのお使いと、又平だけではもう無理ではないかと思いまして、どなたかいい女の人がいればと探しているんです」

「台所などをお手伝いする人ですね」

「そうです。又平は年を取りました。薪《まき》も割り、掃き掃除もし、ご飯も炊くというのは荷が重すぎます。そこで、家の中の掃除や、お台所をやってくれる人を新たに入れたいと思っているのです」

「すると、又平爺《じい》さんにも、暇を出さずに……」

「又平には、ずっとここにいてもらいます。死ぬまで……。旦那さまも生きていらしたら、きっとそうなさいます」

「ありがてえ事です。又平さんも幸せだ。分かりました。おこうさんに話しておきます」

辰吉は言った。すると、

「あっ、そうそう、ちょっと待って下さい」

里絵は引き返すと、今度は小風呂敷に包んだ物を持って来た。

「これを、おこうさんにお渡し下さい。むろん、辰吉さんの分もございますよ」

にこっと笑う。

「なんでしょうか」

「茶碗蒸しです。平七郎殿が銀杏をいただいて参りましてね、それで作ってみたんです」

「母上……」

平七郎は苦笑する。

「だっておいしいんですもの。それに銀杏は滋養がありますから、病み上がりの体には良いと思いますよ」

里絵は、それで引き上げた。

辰吉は、有り難がって手元に小風呂敷に包んだ物を引き寄せると、

「で、平さん、先ほどの続きですがね、その徳山ってお旗本の事ですが、あのお屋敷に出入りした商人で、潰れたところは一軒や二軒ではないって話ですぜ」

「ふむ」

平七郎は腕を組んだ。

工藤の事、鉄砲洲の江戸屋、そして深川の山崎屋、根はひとつのように思える。

「あっしがもう一度深川に行ってきますよ、平さん」

辰吉がそう言った時、

「旦那さま、玄関に佐太郎さんという人が参っております」

又平が知らせて来た。

「佐太郎が……」

平七郎が玄関に出向くと、

「あっ、立花さま、その節は」

佐太郎は神妙な顔で頭を下げた。

「どうしたのだ、ずっと江戸にいたのか」

「はい、親父さんが元気になるのを祈っていたのですが……」

「うむ」

「本日、亡くなりました」

佐太郎は、涙声で言った。

「とうとう亡くなったか」

「いまわの際に、私とおいとの手を握って……」

「そうか……」

「おかみさんもすっかり力を落とされて、明日の葬儀の段取りをしなければいけないのですが、その気力さえおぼつかなくて」

「うむ」

「それで私が手伝うことになったのですが、準備にかかってすぐに、蔵のお金がほとんど無くなっているということが分かったのです」

「どういう事だ」

「分かりません。無くなったことに気付いたのはおかみさんです。それですぐに番頭の伊助さんに聞きただそうとしたのですが、その番頭さんが、いつの間にかいなくなっていたのでございます」

「何、どこに行ったというのだ」

「手代の話では、旅の支度をしていたようですから、おそらくもう江戸を発《た》ってしまったのじゃないかと」

「番頭が金を持ち逃げしたというのか」

「さあ、それは……もしそうでも、どれだけ持ち逃げできるものか……」

「それもそうだな。で、番頭伊助の在所はどこだったのだ……」

「近江《おうみ》と聞いておりますが、親父さんが雇い入れた人ですから、他の者たちは誰も詳しいことは知らないのです」

「ふうむ……」

平七郎は辰吉と顔を見合わせた。

「今は葬儀を控《ひか》えて店は大混乱となっておりまして、おかみさんが平七郎さまに来ていただけないかと申しまして……」

「分かった」

平七郎は頷いた。

半刻（一時間）後、平七郎と秀太は、丸田屋にいた。

二人を迎えたのは、与兵衛の女房のおくまと娘のおいと、そして手代五人と女中二人、それと風邪から回復したおしげだった。

おくまもおいとも茫然自失といった態で、葬儀の準備にまで頭がまわらないらしく、女中や手代たちを仕切っていたのは、すっかり元気になったおしげだった。

「ちょっと、おみねさん。旦那さまの枕元のお線香、絶やさないように気をつけてよ、ちょっと見てきて頂戴」

おみねという女中に指図すると、手代たちには、お寺さんに行って来いだの、料理屋に頼んで来いなど、てんてこ舞いで、

「多七《たしち》さん、あんたが立花さまを蔵に案内してちょうだい」

平七郎と秀太が、丸田屋与兵衛に線香を上げて茶の間に戻ると、おしげの声が飛んでいた。

「こんな状態です。旦那方、よろしくお願いいたします」

おしげの言葉を受けて、手代の多七が案内に立ち、平七郎と秀太は蔵に向かった。

多七は蔵に案内しながら、自分は番頭伊助の下で大福帳に記帳し、そろばんを

はじいている者だと言った。

だから、蔵の中の金の確認は番頭の役目で、多七の仕事は帳簿上の計算だけだったという。

「それに……」

多七は一度蔵の前で立ち止まると、

「旦那さまはお金にうるさい方でした。一文合わなくても、徹底的に調べる方でした。ですから、旦那さまがお元気なうちは、蔵のお金に触るのは旦那さまだけ、金箱の鍵《かぎ》は旦那さまが持っておりました。旦那さまが病の床《とこ》に臥されてからは、その役目は番頭さんになっていたんです」

「すると、旦那が亡くなると、金箱の鍵は……」

「おかみさんが自分が管理するとおっしゃって、番頭さんに鍵を出させたんです」

「それで旅支度か……」

「はい」

多七は頷くと、

「まずは蔵の中を見て下さい」

蔵の中に入って、二人の前で金箱を開けた。

中には小判が二百両ほど入っているのが分かった。

「千両ちかくあった筈なんです」

「泥棒に入られた訳じゃあないんだからな。番頭だな」

秀太は言い切った。

「ただ……」

多七は、少し考えてから、

「私は、番頭さんが、お金を盗ったとは、とても考えられないんです」

「ほう……」

「旦那さまが臥せってからは、売り上げを伸ばすのに一生懸命でした。旦那さまがお元気になられた時、売り上げが伸びていると喜んで貰いたいと言っていた言葉に嘘があったとは思えません」

「…………」

「だから少し無理をしていたのかもしれません」

「無理を……」

「得意先を増やそうと無理をしたのじゃないかと……それに」

多七は言いにくそうに、

「最近は思い詰めていたようです」

「原因は何だ……」

平七郎は厳しい顔で訊いた。

「今考えると、このお金にまつわる悩みがあったのじゃないかと……」

平七郎は頷いてから、

「番頭が近頃増やしたお客というのは分かるのか」

多七を見た。

「それは大福帳を見れば分かります」

「よし、帳場に戻ろう」

三人は蔵を出た。

多七は帳場に戻ると、大福帳を出して平七郎たちに見せながら、最近得意先に加えられたお客を指で指していく。

「この方、そしてこの方もそうです。皆掛けは残ったままです。新しくお得意様になっていただいたのはいいのですが、なかなか代金を回収するという訳にはいかなかったようです。ああ、この方も新しいお客様です……」

その時、秀太が声を上げた。

「平さん、これ！」

帳簿には、徳山蔵人、とあった。

「徳山蔵人……」

「はい、お屋敷は西本願寺の北西にございます」

「西本願寺だと……」

平七郎は、はっとなった。

永禄堂の仙太郎の話を思い出したのだ。

おこうの事で呼び出された平七郎は、仙太郎から気になる話を聞いていた。

あの時、仙太郎はこう言ったのだ。

「妙な噂を聞きましたよ。今日得意先を回っていて聞いたんですが、さるお旗本では中間賭博が盛況らしく、一晩に十両、二十両賭けるのは序の口で、百両、二百両の金が飛び交っていると……」

——あの旗本というのが、西本願寺の辺りにある屋敷だと言っていた……。

俄に闇の中が見えてきたと平七郎は思った。

多七は案じ顔で話を続けた。

「徳山さまのお屋敷には、番頭さんもたびたび伺っておりました」

「売り掛けが多かったのか……」

「それもありますが、他にも理由があったのかもしれません」

「訊いていないのか」

「はい、今考えると、徳山さまのお屋敷に出入りするようになってから、番頭さんは、なんというか、追い詰められたような顔になって……私は心配して一度訊いたことがあるんです。ですが何も話してはくれませんでした」

多七は言い、顔を強《こわ》ばらせた。

八

翌日平七郎は工藤を見舞った。

「峠は越えたようです。まだ眠ったままですが、ほっとしております」

妻の須美はそう言って、平七郎に礼を述べた。

帰りかけて診察室を覗くと、玄沢は丁度患者の足に包帯を巻いていた。

平七郎が感謝の気持ちで手を上げると、玄沢は自身の腕を自慢げに叩き、

「一度……」

と言って、ぐいと酒を呑む真似をして笑った。

平七郎も笑って頷き、玄沢の家を出た。

玄沢は、表医師とは思えぬ軽忽《けいこつ》の人である。だが好感は持てる。須美の言葉ではないが、平七郎もほっとしていた。

すぐに秀太と亀井を真福寺橋西袂の白魚の店に呼び、亀井にはこれまでの調べを話し、

「今日から徳山の屋敷を張り込む」

平七郎が告げると、亀井も神妙な顔で、

「是非、一緒にやらせてくれ」

と言う。今度ばかりは肝《きも》を据えたようだった。

「食事も休息も、この白魚でとる。この店を拠点にして交代で張り込むのだ」

平七郎は言い、この日から旗本徳山の屋敷を張り込む事が決まった。

徳山の屋敷は、築地川《つきじがわ》に囲まれた武家屋敷のひとつで、築地川に架かる二ノ橋の東袂にあった。

石高二千石の屋敷は、ざっと眺めておおよそ千坪強はある。

門は門番所付長屋門で、塀に沿って長屋があるのも分かる。

そして、くぐり戸の脇には門番所がついているのだ。

今は水を打ったように静かで、屋敷に出入りする者の姿もみえない。

ただ、徳山の屋敷近辺には辻番所はなかった。

あたりは皆武家屋敷だから、徳山の屋敷は辻番所からも死角になっている。つまり人の目の届きにくい場所にあるということだ。

屋敷に出入りする者たちの姿が、辻番所からも見えにくい。

――これなら、屋敷の中間部屋で賭博をやっても、なかなか周囲の屋敷に気付かれることもないだろう。

ただ、張り込むとなると、町の通りなら場所にことかくことはないのだが、一帯が武家地となると身を隠す場所がない。

「よし、亀井さんが屋台で酒でも売るか。蕎麦《そば》の屋台としたいところだが、食えぬものを売れば敵に勘ぐられる」

平七郎がそう言うと、

「すると、この形《なり》では駄目だな」

亀井が心細そうに聞く。

「駄目だ。古着屋かどこかで、屋台を出す者にふさわしい着物を借りてくるのだ。屋台を出せば七輪で火を使う。寒さしのぎにもなる。一石二鳥だ」

「そんな……立花さん、七輪ぐらいで寒さはしのげませんよ」

亀井はおそるおそる言う。もうすっかり平七郎の軍門に降って家来にでもなった雰囲気だ。

秀太は、くすりと笑って、

「あんかを抱けばいいですよ、亀井さん」

「しかし、酒だけというのはどうでしょう。何かつまみがいりませんか」

亀井が調子に乗って言う。

「つまみか……それは俺がなんとかしよう」

平七郎の頭に浮かんだのは、一色のことだった。

その日のうちに、徳山の屋敷が監視出来る二ノ橋の袂に屋台が置かれ、酒売りの親父の形をした亀井が立った。

「亀井さん、つまみだ」

平七郎は、炒り豆を入れた紙袋を亀井に渡した。

「すまぬ。驚いたな、これを立花さんが炒ったんですか」

「まあ、そういう事だ」

平七郎は笑った。

本当のところは、豆は一色に事情を話して炒ってもらったものだ。

一色は汗を流して豆を炒っていたが、その姿には平七郎も、ぐっと来ている。

準備万端整ったが、しかし屋台に酒を呑みに来る者はいない。

せいぜい、平七郎と秀太の二人だけが、熱い湯を飲みながら客を装っているといった具合だ。

「この寒空に、誰か訪ねてくるのですかね」

一刻も待っていると、秀太からそんな言葉が飛び出した。

「徳山は俺が調べたところでは、お役御免《ごめん》となってからが長い。二千石の旗本とはいえ、昨秋の知行地の米が不作で、台所は火の車だと聞いている。一方で、再び幕政を担うお役目を狙っているという噂もある人物だ。そういう屋敷に、自殺した深川の山崎屋、闇討ちにあった鉄砲洲の江戸屋、そして工藤さんも関わりがあったと見て間違いあるまい。張り込んでいれば必ずしっぽを捕まえることが出来る筈だ。気長に待とう」

平七郎は、暮れていく築地の武家地を眺めて言った。

さらに半刻ほど経った頃だ。人の目を気にするように足早にやって来て、くぐり戸を叩く者が現れた。

多くが町人で、それも裕福そうな商人だった。

するとその時だった。

一人の武士が外から帰って来たのか、脇門の中に合図を送ると、振り返って用心深い目でこちらを見た。

奥目の、陰険な顔をしている。見かけない屋台が出ているのに気付いたようだが、中から戸が開くと、辺りを見渡したのち、くぐり戸の中に消えた。

すると、それを待っていたかのように二ノ橋を走ってきて、徳山屋敷の門の前に歩み寄り、脇門のくぐり戸に消えた武士の人影を睨むように門の前に立った者がいる。中間だった。

「おい、秀太」

平七郎が驚いて秀太の袖を引いた。左馬助の道場で秀太相手に激しく打ちこんでいた新助だったのだ。

寒い寒いとまるまっていた秀太が顔を上げて、

「ほんとだ。何してんだ……何故新助はここにきたんだ」

秀太は首を捻《ひね》る。

――まさか……。

平七郎は、ぎょっとした。

先ほど屋敷の中に入った侍が、新助の敵と関係があるのか――。

平七郎は左馬助から、弟子入りしてきた新助が、剣の使い方を覚えるのは親の敵をとるためだと聞いた。

その時平七郎は左馬助から、新助を説き伏せてもらえないか、敵討ちなどさせたくないのだと頼まれている。

「秀太、新助に話がある。ここに連れてきてくれ」

平七郎は秀太に言った。


「すみません……」

新助は亀井が差し出した熱い湯をすすりながら、上目遣いに平七郎を見た。

「新助、平さんに話した方がいい。上村先生はお前を案じて、平さんにお前のことを頼んだんだからな」

「…………」

新助は黙って湯をすする。

「お前は今は刀を差しているが百姓だ。武士じゃない。御定法では百姓は敵討ちなど許されてはいないのだ。たとえ敵を討ったとしても、お前の命の保証はない。気の毒だが百姓は敵は討てないことになっているのだ」

秀太は必死に話しかける。

「俺は、命なんていりません。おっとうの敵を討つんだ」

「ふうむ」

平七郎は、腕を組んで新助を見た。

「誰がなんと言おうと、俺の心はかわりませんよ」

きっと平七郎を見る。

「すると何かな、あの屋敷に入った侍が、父親の敵だというのか」

「そうです、やっと見付けました。奴に間違い有りません」

「ふむ、左馬助の話だと、父親の敵は関八州だと聞いているが……」

「はい」

「平さん、妙な話ですね。関八州の取締出役っていうのは、関八州を治める代官たちの配下から、手附、手代を八州廻りにしたものですよね。人にも恐れられ、行く先々で懐に入る金もある。手附手代の時には、われわれと同じ三十俵か二十俵の給金だと聞いていますが、八州をやっておれば権威も金も入る。八州さまと恐れられて、どこに行っても頭を下げられる。そういう暮らしを始めた者が、何故に八州出役の職を棒に振って、旗本の家来になっているんでしょうか」

「確かに……考えられることは、何か不手際を起こしてお役御免どころか、代官から暇を出された。それで旗本の若党になったのかもしれぬな。新助、本当にあの男に間違いないのだな」

「見間違えることなどありえません。奴の名は野島弁十郎《のじまべんじゆうろう》、剣の遣い手です」

「よし、親父殿は何故に殺されたのか、話してみろ」

「………」

開きかけていた口を、また新助は閉じた。

「ええい、新助！……上村先生も心配しているんだ。平さんだってそうだ。私もだ。皆が案じているというのに、何も話せぬというのか、お前は……」

秀太が叱る。

「お話しします」

新助はようやく決心したのか、顔を上げて、平七郎と秀太の顔を見た。

「私は上野国鉢呂村《こうずけのくにはちろ》の百姓でございます。一帯は幕府の五千石の土地で、名主が代官をかねております。そこに八州出役野島が村にやって参りまして、名主の家で逗留《とうりゅう》しました……」

それまでにも関八州がやってきたら、上を下への大騒ぎで、名主も最大限のもてなしを行うのだ。

この年、鉢呂村にやってきたのは、出役が野島弁十郎以下六名。野島は、足軽二人、小者一人、目明かしの道案内二人を引き連れて名主の屋敷に入った。

前もって名主の喜兵衛《きへえ》から声を掛けられていた村の女たちは、八州一行をもてなすために、ありったけの料理を作って出したのだった。

この女衆の中に、新助の姉の、おかよがいた。

八州たちに給仕をする役目だが、片付けを終えて女たちが帰ろうとすると、おかよだけ残ってくれと言われたのだ。

仕方なく居残りとなった訳だが、おかよはこの晩、八州出役野島の部屋に引きずり込まれて犯されてしまったのだ。

名主の喜兵衛は、おかよが八州によって部屋に引きずり込まれる時に、大声を上げて許しを乞《こ》うたが聞き入れてもらえなかったのだと言う。

新助の家では、父親も母親も、新助の妹のおはるも皆、おかよを案じて帰りを待っていたのである。

だが、おかよは、生きては戻ってこなかった。

名主の家から下男たちが、おかよを荷車に乗せてやって来て、おかよは舌を噛《か》んで亡くなったと告げたのである。

下男は、三両の小判を家族の前に置いた。

父親は、みるみる形相を変えて、

「八州さまだな。八州さまのせいだな！」

使いの下男の首を締め上げ、事の次第を聞き出すと、三両の金を懐に押し込んで、鎌を手に、名主の家に走ったのだ。

この時、新助も父について走って行った。

丁度名主の家から、八州一行が旅立つところだった。

その八州の前に、父親は鎌を振り上げて叫んだ。

「娘を返せ！　おめえは人殺しだ。訴えてやる！」

「下郎！」

なんと弁十郎は、一刀のもとに父親を斬り捨てて去って行ったのだ。

新助は、殺された父親が摑《つか》んでいた鎌をもぎ取って摑むと、

「くっ……」

声を殺して泣いた。

名主は新助の母親に、五両の金を持ってきて言った。

「我慢してほしい。村のみんなも手助けする」

だが新助は許せる筈も無い。

母親と妹と相談して村を出、旗本の中間となり、上村道場に通い始めたのだという。

「そういう事です、立花さま。やっと敵に巡り会えたのです。引き下がることは出来ません」

新助は、きっと平七郎の顔を見た。

九

「立花！」

平七郎は、役宅の前で呼び止められた。

振り返ると、一色が挟み箱を持ったお供を連れて近づいて来た。

平七郎は今日は徳山家の見張りに就く前に、左馬助に会って来たのだ。

新助の強い決心は揺るぎそうもない事と、敵を討つにしても相手を良く調べ、準備を整えるために頃合いを待つのがよいと、左馬助からも言い聞かせてくれるように伝えた。

同時に、徳山家を張り込んでいることも話し、野島弁十郎についても、今調べているところだと告げた。

新助を止めることは無理だと平七郎は感じている。

それならば、後顧《こうこ》の憂《うれ》いの無きように、百姓であっても敵を討ちたいのだということを、評定所に届けておいた方がよい、そう考えたからだ。

それと、今大騒ぎをして、奴らの悪のもくろみを、見逃すことはできないのだ。

とにかく、早い昼を食べてから、徳山家の見張りに行くつもりだったのだ。

「浮かぬ顔をしているではないか」

一色はゆっくり近づいて来た。

「睡眠不足です」

平七郎は苦笑した。

「私はこれからお役所に参るのだが、昨日おぬしに頼まれていたことが分かったので知らせておこうと思ってな」

「ありがたい、助かります」

平七郎は、一色が差し出した紙を受け取った。

「そこにも書いてあるが、野島弁十郎は、代官吉川鉄五郎《よしかわてつごろう》の手附だった。吉川殿は八州出役に野島を当てたが、野島はあちこちで問題を起こして庇《かば》いきれなくなった。それで昨年八州出役を解かれたのだが、吉川殿も、そんな輩を再び手附として置いておくことは出来ぬ。自分が火の粉を浴びることになるからな。それで暇を出した。野島は浪人になったんだ。ところが、捨てる神有れば拾う神有りとはよく言ったもので、野島は徳山に拾われたということだ」

「徳山家と野島の間には、何か強い繋がりがあったのですか」

「いや、そこまでは分からぬ。ただ想像するに、野島が巡邏《じゅんら》していた土地に徳山家の知行地がある。知行地のなんらかの困りごとを、野島が解決したことがあって、それで徳山も家士に迎えたのかもしれぬな」

「お手数をかけました」

「それと、おぬしから聞いた百姓の男の仇討ちの話だが、折あらば、御奉行にお伺いをしてみるつもりだ」

平七郎は頷いた。

「ああ、もうひとつ。野島は剣の腕はなかなかのものだと聞いた。流派は知らぬが、殺人剣と自分では言ってたそうだ。その剣の腕を買われて、八州になってたようだからな」

そう告げた後、踵《きびす》を返した。

一色は、わざわざ平七郎に届けてくれたのだ。

いつも豆を炒っている一色だが、このたびは随分と迅速《じんそく》に調べてくれたものだと、足早に北町奉行所に向かう一色の背中を見送った。

「あっ、ようやく帰ってきやしたね」

役宅に入ると、迎えてくれたのは辰吉だった。

辰吉は、又平と一緒に、庭の木の剪定《せんてい》をしていてくれたようで、手には剪定鋏《ばさみ》を握っていた。

「何時来てくれたのだ」

平七郎は、刈り落とした木の枝を見て訊いた。

「一刻ほど前ですね。白魚に行こうかと思ったんですが、又平爺さんが、ここに一度戻って来る筈だというので、それじゃあって手伝っていたんです」

「そうか、助かる。本当は俺が刈るように母上には言われていたのだ」

「なんの、あっしも気分転換になりやした」

すると横から又平が言った。

「なかなか辰吉さんは腕がいいです。この時期に刈りとっておかねば、春になってからでは遅いですから」

「又平、耳の痛いことをいうでない」

「これはすみませんでした。今御茶を淹《い》れて参ります」

又平が水屋に向かうと、

「平さん」

辰吉は難しい顔をして言った。

「深川の山崎屋ですが、いろいろと聞きましたところ、お内儀が妙な話をしてくれたんです」

「よし、聞こう」

平七郎は、辰吉を自分の部屋に連れて入った。

又平が茶を出して引き上げて行くと、

「話してくれ」

平七郎は辰吉を促した。

「へい……」

辰吉の話によれば、山崎屋は築地の徳山家に出入りしていたのだが、三ヶ月ほど前から、頻繁《ひんぱん》に徳山家に出かけるようになっていたのだという。

しかもそのたびに、多額の金を持ち出すようになり、山崎屋が亡くなって葬儀が終わるや否や、金貸しが押し寄せて来て、山崎屋は借金のカタに店を取られるのだというのである。

「そうか……いや、実はこういうことになっているのだ」

平七郎は、徳山家では中間部屋で賭博が開かれていると考えている。それで今交代で張り込んでいるのだと告げた。

「そういうことなら、平さん。中に侵入して証拠を摑めばいいんじゃないですか」

「それはそうだが、相手は旗本だ。そう簡単には入れぬ」

「あっしが入ってもいいですよ」

「うむ……しかし、お前だけでは危ないだろう。俺も一緒に入ってみるか」

「よして下さい。平さんはどう見ても、遊び人には見えませんや。かと言って商人にも見えません。すぐに素性がばれて、大騒動になるにきまってます。あっしに任せて下さい」

辰吉は、ぽんと胸を叩いて言った。


この日の夕刻、築地川が薄暗くなるのを待って、

「では平さん、行ってきやす」

辰吉は屋台の陰から立ち上がった。

「辰吉、この金は、あくまでも見せ金だ。分かっているな」

秀太が懐紙に包んだ金を手渡す。十両包んであった。

「重いな、こんな大金を持ったことはないからな」

辰吉は嬉しそうだ。

「何度も言うが、見せ金だ。その金を貰うために、俺は実家に泣きついたんだ。いっとき貸してくれって。博打ですってしまったなんて言えないんだ」

「分かってますって」

辰吉は、にっと笑うと、徳山家の門に向かった。

辰吉の髷は遊び人風に、ちょいと横手に載せてある。縞《しま》の着物に博多《はかた》の帯をきりりと締め、雪駄をちゃらちゃらちゃらと鳴らして門前に近づくと、くぐり戸を叩いた。

その様子を背後から見守る平七郎と秀太と亀井は、ひやひやしている。

「何かあったら、必ず指笛を吹け」

平七郎は、辰吉にはそう言ってあるのだが、送り出してみるとやはり不安だ。

「へえ、こんなところに屋台がな。おい、親父、一杯おくれ」

通りかかった職人風の二人連れが、屋台の前に立った。

平七郎と秀太は、慌てて手に持っていた冷めた湯をすする。

だがその目は、じっと辰吉の背を見詰めている。

辰吉は、背後にそんな視線を受けながら、もう一度戸を叩いた。

すると、きしむ音を立てて戸が開いた。

出て来たのは、まん丸い顔をした中間だった。

「もうしわけございやせん。あっしは辰吉という者でございやすが……」

辰吉が手をすりあわせて伝えると、

「ああ、両国の鮫蔵《さめぞう》親分の紹介のお人だな」

中間は値踏みするような目で辰吉を見た。

「へい、さようで」

「はいんな」

中間は辰吉を中に入れ、扉を閉めた。

——入れた……。

ほっとする一方で、あらたな緊張が辰吉を包む。

とはいえ、難なく入れたのは、両国の鮫蔵のお陰だった。

鮫蔵とは、両国東の繁華な町の奥で、ひそかに賭場を開いている親分だが、ある事件がきっかけで辰吉とは懇意になって、いろいろと情報を流してくれることがある。

なんでも、鮫蔵は甲州《こうしゅう》の出で、江戸に出てくる時に家族を捨ててきた訳だが、捨てた倅が丁度辰吉の年齢で、名も同じ辰吉だというのであった。

今度のことも鮫蔵に相談すると、

「俺の名を出して覗いてみろ。話はつけておく」

そう言ってくれたのだった。

「辰吉さんと言うらしいな。金は持ってきたんだろうな」

中間は先に立って歩きながら訊いた。

「へい、十両ばかし」

「そうかい、ツキがあるように祈っているぜ」

「ちょ、ちょっと待ってくれ。今日は金は持っていても、へい、ちょいと様子見ということで……」

愛想笑いをしてみせると、すばやく中間の手に、一朱金を摑ませる。

「いいのかい……」

中間は薄笑いを浮かべた。

「いいともよ。今日はあっしは、おめえさんと酒でも飲みながら、まず見物だ。酒はおごるぜ。で、そのうちに気が向いたら……」

辰吉は、札を打つ真似をした。

「わかった、俺は弥一《やいち》っていう者だ。ついてきな」

中間は、長屋のひとつに辰吉を連れて入った。

「！……」

長屋のその部屋は大部屋で、八畳はありそうだった。

部屋の真ん中あたりで、四つもの燭台《しょくだい》に灯《ひ》を点《とも》して、合計六人が向かい合わせに座って博打を始めていた。

四人が商人、それに坊主が一人、若い遊び人が一人だ。

壺を振っているのは中間で、胴元の顔をして座っているのが、平七郎から人相を聞いている野島弁十郎と思われた。

それに補佐というか、客の見張りというか、中間が三人、控えている。

「丁、半、揃《そろ》いました」

さいころが振られる。刹那、

「あーっ」

「ちくしょう」

などと声が上がる。

「宵《よい》の口に動くのは小金だが、夜半近くになると、大店《おおだな》の主がやってくるんだ」

弥一は、酒を傾《かたむ》けながら得意そうに言う。

「遠慮なく呑んでくれ」

辰吉は景気のいい事を言って、弥一にぐいぐい呑ませていく。

一刻後、辰吉は酔っ払った弥一を部屋の外に誘った。

「なんでえ、なんでえ。勝負するんじゃなかったのかよ」

とっくりをもったまま弥一は外に出て来た。

「弥一さんよ、お前さんに、やる」

辰吉は、なんと一両をぽんと弥一にやった。

「た、辰吉さんよ、いいのかい」

「いいってことよ、俺は金はもってるんだ。小遣いに不自由はしてねえよ」

「へえ、うらやましいぜ。こちとら、ああして賭場を手伝ってもよ、酒代にも事欠くありさまだ」

「まさかあ、大店の旦那衆が大金を懐に通ってくるんじゃなかったのか」

「俺たち中間の懐には入らねえ。みんな野島って野郎がかっさらって行くんだ。殿さまに取り入って、殿さまと一緒に出世したいって魂胆《こんたん》だ」

「なるほどな……だから深川の山崎屋や鉄砲洲の江戸屋が身ぐるみはがされたって訳か」

「んっ……おめえは誰だい、妙なことに興味があるじゃねえか」

弥一は、疑いの目を向けた。

辰吉はふっと笑って、

「安心しな。おめえさんには言わなかったが、俺はあの野島って奴に恨みがあるんだ」

きっと博打の部屋を振り返って言った。

「ほんとかよ……」

弥一は、面白そうに笑った。

「あいつは昔、八州をやっていただろ」

「ああ、聞いている」

弥一は、大きく頷いた。

「あいつは気がついちゃあいねえが、俺の賭場に踏み込んできた事がある。俺は、すんでのところで斬り殺されるところだったんだ」

「容赦のねえ奴だからな。ここでも何人も斬ってらあ」

「ほんとかよ」

「本当だ。奴は北町の同心まで斬っている。といっても、あの同心もドジな奴で、野島に脅《おど》しをかけたらしい。だからやられた」

辰吉は、相槌を打つように頷くと、

「俺の仲間も三人斬られている。奴に復讐《ふくしゅう》せねばと探していたんだ」

「そうか、そういう事情だったのかい」

「噂で野島がこの屋敷にいると知ったんだ、数日前にな。それで鮫蔵親分に相談して、本人かどうか、確かめに来たって訳だ」

「殺《や》るのか……」

弥一は、ぎらりとした目で訊いた。

「もちろんだ」

辰吉は、にやりと笑って、弥一を見た。

十

北町奉行榊原主計頭忠之の家臣、内与力の内藤孫十郎《ないとうまごじゅうろう》に、平七郎は今朝緊急の文を差し出していた。

早急に御奉行にお目通り願いたい、という内容だった。

橋廻りとなってまもなく、平七郎は榊原奉行から『歩く目安箱』となり、他の役人の目の届かぬところで、下々の情報を拾い、あるいはひそかにもめ事や悪事の解決に尽力するよう申し渡されている。

何か公《おおやけ》にすることが出来ない事件が起きた時には、内藤孫十郎の使いが榊原奉行からの呼び出しの言伝を持参してくるのだ。

それで平七郎は、密会場所と決まっている浅草新堀川《あさくさしんぼりがわ》沿いにある『月心寺《げっしんじ》』に出向いてきた。

だがこたびは、初めて、平七郎の方から御奉行に目通りを乞うたのである。

果たして、日をまたぐことなく六ツ（午後六時）過ぎには、内藤孫十郎の使いの者が返事を持ってきてくれた。

「本日五ツ（午後八時）、と内藤さまは申されました」

使いの者は言った。

「分かりました、とお伝え下さい」

平七郎は、急いで食事を済ませると役宅を出た。

曇天《どんてん》のせいか月の明かりは無く、無地の提灯を手に月心寺に向かった。

静寂の中の茶室で端座していると、まもなく榊原奉行がやって来た。

「急ぎの用というのは何だ」

榊原奉行は、座るなり言った。

「はい、旗本徳山蔵人さまのお屋敷内で行われている賭博についてご報告を

「うむ、一色からそれとなく聞いておったが、確かな証拠を摑んだのだな」

「……」

「はい」

平七郎は顔を上げると、

「昨夜、一文字屋の辰吉という者が中に侵入いたしまして確かめております」

平七郎は、辰吉から聞いた賭場の様子、差配している家来の野島弁十郎についても知り得たことを伝えた。

「…………」

榊原奉行は、じっと話を聞いている。

「しかし、証拠を目の当たりにしたと言っても、旗本屋敷に一介の同心が踏み込める筈もございません。そちらは御奉行の知恵と力をお借りしたいと存じまして」

「うむ、分かった。それは任せてくれ」

「ありがとうございます」

平七郎は深く礼を述べたのち、

「また、野島弁十郎につきましては、深川の山崎屋を死に追い込み、鉄砲洲の江戸屋を襲って殺したばかりか、定町廻りの工藤豊次郎を背後から襲って斬りつけて重傷を負わせています。命はとりとめましたが、しばらく出仕はかなわぬとみています。さらに、私の古い友が開いている道場に通ってきている新助なる者の父親を、八州出役の折に斬り捨てておりまして……」

「うむ、その件も一色から聞いた。今ひそかに、新助の在所に事の次第を探りにいかせている」

「おそれいります」

「ただ、仮に新助の話に間違いがなかったとしても、評定所が仇討ちを認めるかどうかは保証はできぬ」

「…………」

「百姓町人に仇討ちを許せば、混乱を招くは必定」

「しかし……」

「これは何も身分うんぬんではないと思うがの。皆が皆、恨みを恨みで返すようになったらどうなるのか……」

「…………」

「町奉行所は何のためにあるのか……そういう者たちのためにあるのではない

か。町奉行所が代わって相手を諫《いさ》め、成敗するのだ」

「…………」

「ただし、わしも全てを否定している訳ではない。新助のような目に遭った者に対しては、認めてもいいのではないかと考えている。町人同士ではないのだ、相手は極悪非道、役人の恥ともいうべき八州だ」

「御奉行……」

平七郎は、改めて榊原奉行を見返した。

榊原奉行は頷いてみせると、

「ところで平七郎、そなたに聞きたいことがある」

突然話を変えた。

「そなたの母上は、御茶道を教えているそうじゃな」

「はい」

「そこに八木忠左衛門の娘、奈津どのが通っている」

「はい……」

だんだん苦手な話になってきたなと平七郎は身構えた。

「この間八木に会ったのじゃが、娘御の話になってな。どのような縁談を持ち込まれても振り向かぬと……」

「………」

「はっはっ、困った顔をするな。八木は期待をしておる。娘が頑固なら親も頑固、こうなったら、決してあきらめぬとな」

「しかし、以前にも申し上げましたが、身分が違います。良きところと縁組みしていただきますよう、御奉行からも重ねてお伝え下さい」

「無理だな。あちらも引けぬと言っている。そなたが奈津どのに引導を渡せるか……なかなかそれも難しかろうよ。まっ、時の流れに従うしかあるまいな」

榊原奉行はにこりと笑った。

「何をためらっている……来い！」

上村左馬助は、新助を睨んだ。

道場の中には四隅に大きな燭台が置いてある。

蠟燭《ろうそく》の灯は、たゆむこと無く炎を上げているが、二人が対峙《たいじ》している場所まで光が十分に届いている訳ではない。

特に足下は暗かった。

「えい！」

新助は、意を決したように上村に斬りかかった。

一打、竹刀《しない》の音が響いたが、次の瞬間、新助は跳《は》ね返されて転がった。

すぐに起き上がって、左馬助に突進するが、再び跳ね返されてたたらを踏む。

また構え直して突っ込んでいく新助。だがそれも一打で躱《かわ》される。

打ちかかっても打ちかかっても、上村はひょいひょいと体を躱して跳ね返す。

とうとう新助は、膝をついて荒い息を繰り返すようになった。

「どうした、それまでか！」

「とう！」

新助は、やみくもに突っ込んだ。

上村はそれを難なく躱したのち、新助の背中を強く打った。

「うっ……」

新助は俯《うつぶ》せに落ちたが起き上がれない。

左馬助が歩み寄って訊いた。

「お前の腕は、まだまだだ。立花の話から考えられる野島という男の剣は、殺人剣と呼ばれる程の凶刃と聞いている。今お前が野島と戦えば勝ち目は万に一つも無い、それでも決行するというのか……」

「やります！」

新助は大声を上げた。

「死んでもいいのか！」

「人として、男として、戦わずして生きていくことは恥と考えます」

「人は生きてこそだ。お前が死んだら、どれほど母御が嘆くか分からぬのか」

「分かります。分かりますが、おっかあも敵を討つことを望んでいます」

新助は、大粒の涙を流した。

「新助……」

左馬助は新助を抱き起こした。

「先生、先生にもお嬢さんがおります。そのお嬢さんが、あっしの姉のように手込めにされたあげくに自裁したら怒りませんか。相手を殺してやりたいと思いませんか。あっしの姉は、姉は……。だからおっとうは名主の家に走ったんです。そのおっとうまで一刀のもとに殺されて、それでも我慢しろとおっしゃるのでございますか」

きっと見返す。

「うむ。覚悟は分かった。今夜はそれを確かめたかったんだ」

「先生……」

「お前の覚悟があれば、むざむざと殺されることもあるまい」

「許していただけるのですね」

「やむを得まい。ただし、ひとつだけ守ってくれ」

「はい」

新助は膝を直した。

「野島の得意は袈裟懸《けさが》けのようだ。袈裟懸けに打って来た太刀《たち》には気をつけろ。躱して打つ、躱して打つ。その打つは決して相手に届かなくてもよいのだ。とにかく、躱して打つ、躱して打つ、を繰り返していれば、いかな野島でも疲れてくる。息の根を止めるのは、その時だ」

左馬助は、腕を竹刀にして、執拗《しつよう》に引いては打つ、という動作を繰り返した。

「ありがとうございます」

新助は手をついた。

「それから、立花平七郎の指示を受けるのだ」

「誓って……」

するとそこに、上村の妻妙が、風呂敷包みを両腕に抱えて入って来た。

「新助さん、これを……」

妙は、新助の前に風呂敷包みを置いた。

「新しい下着と白い小袖、それに白の裁付袴《たっつけばかま》、必勝のお守りも入っています」

「おかみさま……」

新助は驚いて妙の顔を見た。

「旦那さまから聞いていると思いますが、私も敵を求めて、この江戸に参りました。あなたと同じように、旦那さまに剣術の手ほどきも受けました。私の場合は、敵を討つことばかり考えて、事の真相を知ることを怠《おこた》り、後で後悔いたしましたが、あなたの場合は私とは違います。お姉さん、お父さんの敵を無事果たして下さい。祈っています」

「ご恩は決して忘れません」

新助は平伏した。

一方その頃、月心寺から帰宅した平七郎は、佐太郎と丸田屋の番頭伊助の訪問を受けていた。

行方《ゆくえ》知れずになっていた番頭が店に戻ったが、平七郎に話したいことがあるというので、急遽、やって来たのであった。

「いったい何処に行っていたのだ」

やつれて痩《や》せこけた番頭の伊助に平七郎は訊いた。

「はい、東海道《とうかいどう》を上方に向かっておりました。ですがやはり、お店の事が気になって戻ってきたのでございます。きちんとお裁きを受けようと思いまして……このまま近江に逃げ帰っても、家は兄貴夫婦の物、私は厄介者ですから……その厄介者が罪を犯し、償《つぐな》いもせずに戻ったと知ったら、兄貴一家にも迷惑をかけます」

「そうか、それで戻ってきたのか」

「はい」

「お前の罪とは、金のことだな」

「さようでございます……お店に蓄《たくわ》えていたお金は、旗本の徳山さまに騙し取られまして」

「何……徳山」

「はい」

伊助は、主の与兵衛が病に倒れると、店を任され、なんとか売り上げを伸ばしたいと考えていた。

そんな時に、徳山家から多量の注文が舞い込んだのだ。

家来に木綿を着せることにした。奢侈《しゃし》禁制だなどと言い、伊助はそれを信じて、すぐに品物を運び込んだ。

ところが、代金を払ってくれない。

知行地が不作だとか、物入りが続いてとか、借金があるとか、様々理由を並べ立てた。

困惑していた伊助に、まもなくのこと、金を貸してほしいと言ってきた。

金を貸してくれれば、今年中には品物代も借りた金も返せるのだと——。

今は金がないが、二月《ふたつき》さきには大金が入って来ると言ったのだ。

伊助は、その話を信用した訳ではない。

どこから金が入ってくるのだと質《ただ》すと、徳山家では座頭金に出資している。その金は五百両にもなっている。

座頭は今京都に行っていて、帰ってくれれば全て返金してもらうというのであった。

伊助は三百両貸した。

ところが二月経っても金は返ってこない。

今度は座頭が金を持って逃げたなどというのである。

伊助は、それまで交渉人となっていた野島弁十郎という家来にくってかかった。

すると今度は、屋敷で賭博をやっている。それで取り戻せと言う。

だんだん深みにはまっていくのを感じながら、伊助は蔵の金を持ち出しては、中間部屋の賭博にはまっていったのだった。

「気がついたら……」

伊助は、血の混じったような目を向けた。

「旦那さまが亡くなられて、いよいよ全てがばれると思いました……しかし、逃げている途中で、旦那さまに掛けていただいた温情を思い出したのです」

伊助は、声を殺して泣き出した。

だがすぐに、涙を拭うと、

「私が丸田屋に奉公できたのは旦那さまのお陰です。次男の私が丸田屋に奉公できなかったら、どんな暮らしをしていたか……それを考えると、立花さまに正直に話して、罰《ばっ》を受けようと……」

「ふむ……」

平七郎は佐太郎を見た。佐太郎の意向を訊きたかった。

佐太郎は言った。

「お店のお金を勝手に使ったことは罪です。大罪です。でも、店を繁盛《はんじょう》させようとしていたことは事実です。私はここに一緒に来るまでにも、お奉行所に突き出してよいものか迷いました。亡くなった親父さんが、それで喜ぶだろうかと考えていたんです」

ちらと伊助を佐太郎は見た。

「お内儀はどう言っているのだ……」

「はい、伊助さんが事を分けて話しましたので、少しは怒りもおさまったようでございます」

「ふむ」

「それに、これからの店のことを考えますと、番頭さんはなくてはならない人、それを義母《はは》も承知しているはず……」

「勝手に店の金を持ち出して使えば罪だが、大概の大店は、町奉行所などには頼まず、自分の店の法で裁いていることは知っているな」

平七郎は言った。

町奉行所の人数は知れている。慢性の人手不足で、この御府内の全ての事件を裁くことは元々無理なのだ。

そこで町奉行所と大店との間には、人殺しのような大罪は別として、金の持ち逃げや喧嘩《けんか》などは、それぞれの店の法で裁いても、町奉行所は目をつぶっている。暗黙の了解になっているのだ。

「番頭さんは罰を受けると言ってきかないのです」

佐太郎は伊助を痛ましげに見た。

「伊助、いったいお前は、博打にどれだけ使ったのだ」

平七郎が訊いた。

「はい、二百両は使ったと思います」

「そうか、二百両か……伊助、ひとつ訊きたいのだが、お前がこれまで丸田屋で働いて貰った給金はどうしている……」

「給金でございますか」

何を訊かれるのかと、伊助は戸惑った顔をした。

「俺がこれまでに聞いた話では、通常大店の奉公人は、給金のほとんどを店が預かり、奉公人が店を辞めて田舎に帰ったり、暖簾分けして店を持ったりする時などに、その金を渡してやるのだとな。丸田屋ではどうだったのだ……」

「はい、丸田屋も同じです。私も預けておりました」

「すると、その金の合計はいくらになっているのだ」

「細かいところは帳面をみないと分かりませんが、十五歳で江戸に出て来て奉公した訳でございますから、かれこれ三十五年の奉公です。百五十両ぐらいにはなっていたと思います」

「分かった。そういう事なら手立てはある」

平七郎は、きっぱりと言った。

「伊助さん、良かったじゃないか……」

佐太郎は、ほっとした顔で伊助を見た。

平七郎は言った。

「丸田屋の蔵にあった金のほとんどは、旗本徳山に騙されて盗られたようなものだ。お前さんが博打に使った金が二百両なら、店に預けていた給金百五十両を返済金にすれば、残りは五十両ということになる。これからお前さんが一生かかって丸田屋で働いて、残りの五十両を返せば良いのだ」

佐太郎は、得たり、という顔で膝を打った。

「申し訳ない、佐太郎さん」

伊助が涙声で言った。

「旦那さまのお見舞いに、はるばる伊勢からやってきた佐太郎さんに、私はひどいことを言いました。それなのに、このたびは、一生懸命に私のことを案じてくれて、この通りです」

伊助は佐太郎に頭を下げた。

「とんでもないよ、番頭さん。私は旦那さまにいただいた沽券はおいとちゃんに返して、伊勢に帰ろうと思っている。番頭さんがいてくれなくては、丸田屋はなりたたないと思っているんですよ」

「とんでもない、佐太郎さん。旦那さまの遺言を守って下さい。お嬢様だって困惑するだけです。実を申しますと、お嬢様には好いたお人がおられるのです。その方は一人息子ですから、丸田屋に入るという訳にはいかないのです。これから丸田屋を守って行くのは、佐太郎さん、あなたですよ」

「しかし……」

佐太郎は、ちらと平七郎を見た。

「うむ、俺も伊助と同じ考えだな」

「立花さま……」

佐太郎は困惑した声を上げた。

「佐太郎、お前は自分が遺言通りに店を継いだら、お内儀とおいとが面白くないのじゃないかと考えているようだが、今の伊助の話では、お前が店を継がなければ、おいとは嫁にもいけないだろう。伊助の今後のこともある。俺がお内儀と話してみよう。大事なのは、大変な痛手を被《こうむ》った店を、どうやって立て直すかだ。一丸とならねば立て直せぬ」

伊助も佐太郎も、神妙な顔で頷いた。

十一

野島弁十郎が、三十間堀五丁目の仕舞屋《しもたや》に女を囲っていて、三日に一度女のところに通っているのをつきとめたのは亀井だった。

弁十郎は徳山屋敷では、中間賭博の胴元のような存在である。

夜は忙しいから、昼間に女のところに行くのだろうが、亀井の話では、妙に几帳面なところがあって、きっちり三日に一度、女のところに通っているのだという。

「今日がその日というのは、間違いないのですな、亀井さん」

平七郎は念を押した。

「間違いない。信じてくれ」

亀井は言った。

亀井はこれまで随分ずさんな探索で、何時定町廻りを外されても仕方のない状況にあるのだが、今度ばかりは相棒の工藤が生死をさまようような怪我《けが》を負って、心を入れ替えたとみえる。

そして亀井は、こうも言った。

「私はこのたび酒売りまでさせられて、本当のところ立花さんには少し腹を立てておりました。しかし、一緒に張り込み、辰吉さんなんて一介の読売屋なのに、身を挺《てい》して敵を探る姿に心を動かされました。私は真剣です」

「何年かかってんだよ、気付くの遅いよな」

秀太が呟いた。

平七郎は苦笑して、

「よし、亀井さんは俺と一緒に行動してくれ。秀太、辰吉は、打ち合わせた通りだ。弥一は必ず確保しろ。奴は証言という大きな役目があるのだからな」

「がってんでさ」

辰吉が言う。

皆、昂揚した顔で平七郎を見て頷いた。

そして一斉に屋台から離れると、薪船《まきぶね》が運んで来て積み上げている薪の束の山などに、めいめい身を隠した。

「へい、いらっしゃいませ。寒い時には熱燗が一番、つまみの炒り豆はお代はいらねえぜ。酒はいらんか、下りの酒だぜ！」

亀井は口上もなかなかのものだ。手をぱんぱんと叩いて客を呼ぶ。

「平さん、亀井さんは同心より酒売りの方が向いてるんじゃないですかね」

秀太が、くすくす笑った。

「しっ！」

辰吉が秀太を制した。

「出てきたな……」

門の横のくぐり戸が開いて、野島弁十郎が姿を現した。

「よし、つけるぞ……」

平七郎と秀太は、物陰から身を起こした。

弁十郎は、屋敷を出ると築地川に沿って北に進み、万年橋《まんねんばし》を渡った。

橋の通りをまっすぐすすめば、女が住むという三十間堀に出て五丁目の町に入る。

馬場《ばば》になっている采女《うねめ》ヶ原《はら》に入った時、平七郎と秀太は足を速めた。

同時に秀太が指笛をひとつ吹いた。

すると、弁十郎の行く手に、突然白装束の新助と上村左馬助が現れた。

「何者！」

弁十郎は身構える。

「忘れたか、野島弁十郎。お前が八州出役だった頃、上野国鉢呂村で娘を犯し、その父親を一刀のもとに斬り捨てたことを！」

新助は声を上げた。

「ふん、昔の話など忘れたわ」

弁十郎はせせら笑った。

「忘れたとは言わせないぞ、俺はあの時お前に犯された女の弟、斬り殺された男の倅、新助だ。敵を討つためにお前を探していた。神妙に勝負しろ」

新助は、両足を広げて立った。

「お前の悪事はそれだけではない！」

弁十郎は、背後の声に振り返る。

平七郎と秀太が近づいて来た。

「お前たちは……」

さすがにたじろいだ弁十郎に、平七郎が言った。

「徳山の中間部屋で賭場を開き、そこに商人を誘い込み、窮地《きゅうち》に陥《おとしい》れたばかりか、夜陰に紛《まぎ》れて辻斬りのごとく襲って命を取った。また、中間博打を探っていた北町の同心をも背後から斬りつけている。全て調べがついているのだ」

「ふん、随分とよく調べ上げたものだと褒めてやりたいところだが、お前のような同心ごときに、とやかく言われる筋合いは無いわ。俺は徳山家の家来だ。言いたいことがあるのなら、徳山家を通してくれ」

「その徳山家だが、この夕刻には御目付さま配下の者が屋敷に入ることになっておるぞ」

「何……」

弁十郎は、目をつり上げた。

「徳山家は万事休すだ、お家取りつぶしは免《まぬか》れまい」

「ううむ、近頃屋敷の前に見慣れぬ酒の屋台が出たと騒いでいる者がいたが……」

「俺たちだったのだ。じっくり探らせてもらったぞ」

秀太が胸を張って言った。

「お前の主は御目付が成敗するだろうが、お前はここで、新助に討たれて貰う。俺が検視役だ」

「ええい、俺の腕を知らぬようだな、後悔するぞ」

弁十郎は刀を引き抜くと、新助の方を向き、上段に構えて立った。

「新助を助太刀致す」

左馬助も剣を抜いた。

新助は正眼《せいがん》に構えている。だが動かなかった。

「どうした、威勢のいいことを言っていたが、おじけづいたのか」

弁十郎は薄ら笑いを浮かべた。

新助は動かなかった。

「無理も無い。怖いんだな。だったら行くぞ」

弁十郎は、ぐいっと刀を右肩に引きつけると、新助に打ちかかった。

「あっ」

新助は、弁十郎の刀を跳ね返しながら、避けるには避けたが、刀が真っ二つに折れた。

凄まじい弁十郎の剣だった。

「新助！」

左馬助は、新助に自分の刀を渡そうとした。

刹那、弁十郎の二の太刀が襲ってきた。

「危ない！」

左馬助は、新助を横に突き飛ばすと、弁十郎の刀を打ち返した。

一合、二合、打ち合って、互いに構えて睨み合う。

新助は、様子を窺いながら小刀を抜いている。

平七郎と秀太は、弁十郎を逃がさぬように見張っている。

弁十郎が、また打ってきた。左馬助の右肩に唸りをあげて刀が落ちてきた。

「！……」

左馬助は、くるりと体を回転させてその刀をやり過ごすと、振り向きざま、弁十郎の背中を斬り下げた。

「うっ……」

蹲《うずくま》った弁十郎に、

「死ね！」

新助が走り寄った。

すると、蹲った弁十郎がむっくりと起き上がり、振り向きざまに刀を振った。

「危ない！」

平七郎が飛び込んで、その刃を撥ね返した。

「油断するな！」

平七郎は、腕を斬られた新助に怒鳴った。

新助の袖から血が落ちているが、腕を切り落とされたのではなかった。

弁十郎は、刀を杖にして膝をつき、荒い息を吐いている。

「それまでだな、弁十郎」

平七郎の声に、

「うるさい！」

弁十郎が反応して、杖にしている刀を振り回した。

次の瞬間、平七郎の剣は、弁十郎の腕を打った。

弁十郎の刀が、音を立てて地に落ちた。

「新助!」

左馬助の叫びに、

「やあ!」

新助は全力を使って、弁十郎の背中に刀を突き立てた。

「ううっ……」

弁十郎は、うめき声を上げて頽《くずお》れた。

新助は、走り寄ってその姿を見下ろすが、その目はまだ興奮で血走っている。

平七郎は、弁十郎の息を確かめた。

そして立ち上がって言った。

「新助の仇討ち、確かに検視した!」

「一、二、一、二……」

亀井のかけ声で、工藤が杖をつきながら、役宅の庭で歩く練習をしている。

その二人の肩に、ちらほらと雪が舞い落ちている。

だが二人はその雪を少しも気にする風ではない。

むしろ、体がここまで回復して、喜びを隠せないというふうに見える。

新助が父と姉の敵の野島弁十郎を討ち、同日夜には徳山蔵人は御目付配下の者に拘束され、蟄居閉門《ちっきょへいもん》の身となってから半月が経っている。

徳山蔵人は今、屋敷内の座敷に閉じ込められたような状態だが、そのままで済む筈がないだろうというのが、御目付周辺から聞こえてくる話だ。

徳山蔵人を拘束するに至ったのは、むろん榊原奉行の進言が功を奏したものだといえる。

また、中間の弥一は、罪を科さないというお墨付きを貰った上で、中間長屋で行われて来た賭博の実態、また野島弁十郎の悪行の数々を暴露したのであった。

そして新助の仇討ちは、百姓だてらに命を賭けて親の敵をとったのはあっぱれだったと評されて、いったんは町奉行所が預かっていた身柄を解かれ、数日前に、母と妹の待つ国元に帰って行ったが、これとて、榊原奉行の助言があったからだろう。

そして工藤は、そういった一連の事件が終結に向かうと同時に、傷の跡も回復し、昨日から役宅に帰っているのだが、なぜか足が思うように動かせないことが分かり、しばらく家の庭で訓練をしなければならなくなったのだ。

亀井は、昨日も今日も役宅を訪れて、工藤の手をひっぱって訓練に手を貸している。

その様子を、嬉しそうに工藤の妻須美は眺めているが、人知れず嬉し涙を袖で押さえているのだった。

「やっているな」

平七郎と秀太が顔を出した。

「これは立花さん。立花さんには、本当に世話になったと須美から聞いております。私もこの通りです」

工藤は頭を下げた。

随分と工藤は変わった。生死をさまよって、得るものは大きかったようだ。

「あと一息だな、工藤さん」

平七郎は言い、笑った。

「それに、亀井さんから聞きましたが、亀井さんは酒売りにまでなって探ってくれたのだと……」

「それがすっかり板について、驚きました。亀井さんはお役御免になっても、屋台の酒売りでやっていけますよ」

秀太が言った。

皆、声を上げて笑った。

するとそこに、佐太郎がやって来た。

「平七郎さまは、こちらだと母上さまからお聞きしたものですから」

佐太郎は、旅支度をしていた。

「どうしたのだ、伊勢に帰るのか」

秀太が訊くと、

「はい、今から発ちます。今晩は品川《しながわ》で泊まるつもりです」

「お店をほったらかして帰るのか。せっかく平さんが話をつけたというのに……」

なんだよ、人が苦労してやったのにと、秀太の顔は怒っている。

なにしろ平七郎と秀太は、丸田屋に出向き、佐太郎に丸田屋与兵衛が遺した遺言を見せ、内儀や娘と談判して、店のことについては、主の意を継ぐべきと決まったのだ。

「いえ、一度伊勢に帰って母親とも相談し、むこうの仕事のけじめもつけなければなりません。また戻って来ます」

その言葉に、一同はほっとした顔を見合わせた。

「あっ、そうだ。本日お役人さまから連絡があったのですが、徳山さまのお屋敷には、博打で巻き上げたお金や、貸し付けたお金などが蔵の中にあったそうです。被害額に合わせて幾らか戻ってくるような事をおっしゃっていました。ほっとしているところです」

佐太郎の言葉に、工藤と亀井も訓練を中断して聞き入っていた。満足げな顔だった。

「では……」

佐太郎はぺこりと頭を下げて去って行った。

「一、二、一、二……」

亀井の声に合わせて足を運ぶ工藤の姿を眺めながら、平七郎は、雪の橋を肩をすぼめるようにして渡っていく工藤の姿を思い出していた。

あの時の工藤の肩に降る雪は寂《さび》しかった。

だが今日の工藤に降る雪は、冬の終わりを告げ、春を知らせる雪だと思った。

藤原緋沙子　著作リスト

1 雁の宿　隅田川御用帳　平成十四年十一月　廣済堂文庫
2 花の闇　隅田川御用帳　平成十五年二月　廣済堂文庫
3 螢籠　隅田川御用帳　同年四月　廣済堂文庫
4 宵しぐれ　隅田川御用帳　同年六月　廣済堂文庫
5 おぼろ舟　隅田川御用帳　同年八月　廣済堂文庫
6 冬桜　隅田川御用帳　同年十一月　廣済堂文庫
7 春雷　隅田川御用帳　平成十六年一月　廣済堂文庫
8 花鳥　同年四月　廣済堂出版（単行本）
9 恋椿　橋廻り同心・平七郎控　同年六月　祥伝社文庫
10 夏の霧　隅田川御用帳　同年七月　廣済堂文庫
11 火の華　橋廻り同心・平七郎控　同年十月　祥伝社文庫
12 紅椿　隅田川御用帳　同年十二月　廣済堂文庫
13 雪舞い　橋廻り同心・平七郎控　同年十二月　祥伝社文庫
14 風光る　藍染袴お匙帖　平成十七年二月　双葉文庫
15 夕立《ゆだ》ち　橋廻り同心・平七郎控　同年四月　祥伝社文庫

16	風蘭	隅田川御用帳	平成十七年六月	廣済堂文庫
17	遠花火	見届け人秋月伊織事件帖	同年七月	講談社文庫
18	雁渡し	藍染袴お匙帖	同年八月	双葉文庫
19	花鳥	※8の文庫化	同年九月	学研M文庫
20	照り柿	浄瑠璃長屋春秋記	同年十月	徳間文庫
21	冬萌え	橋廻り同心・平七郎控	同年十月	祥伝社文庫
22	雪見船	隅田川御用帳	同年十二月	廣済堂文庫
23	春疾風《はるはやて》	見届け人秋月伊織事件帖	平成十八年三月	講談社文庫
24	父子雲	藍染袴お匙帖	同年四月	双葉文庫
25	夢の浮き橋	橋廻り同心・平七郎控	同年四月	祥伝社文庫
26	潮騒	浄瑠璃屋春秋記	同年七月	徳間文庫
27	白い霧	渡り用人片桐弦一郎控	同年八月	光文社文庫
28	鹿鳴《はぎ》の声	隅田川御用帖	同年九月	廣済堂文庫
29	紅い雪	藍染袴お匙帖	同年十一月	双葉文庫
30	暖鳥《ぬくめどり》	見届け人秋月伊織事件帖	同年十二月	講談社文庫
31	桜雨	渡り用人片桐弦一郎控	平成十九年二月	光文社文庫
32	蚊遣り火	橋廻り同心・平七郎控	同年九月	祥伝社文庫

33　さくら道　隅田川御用帖　平成二十年三月　廣済堂文庫
34　紅梅　浄瑠璃屋春秋記　同年四月　徳間文庫
35　漁り火　藍染袴お匙帖　同年七月　双葉文庫
36　霧の路《みち》　見届け人秋月伊織事件帖　平成二十一年二月　講談社文庫
37　梅灯り　橋廻り同心・平七郎控　同年四月　祥伝社文庫
38　麦湯の女　橋廻り同心・平七郎控　同年七月　祥伝社文庫
39　日の名残り　隅田川御用帖　同年十二月　廣済堂文庫
40　密命　渡り用人片桐弦一郎控　平成二十二年一月　光文社文庫
41　恋指南　藍染袴お匙帖　同年六月　双葉文庫
42　桜紅葉　藍染袴お匙帖　同年八月　双葉文庫
43　雪燈　浄瑠璃屋春秋記　同年十一月　徳間文庫
44　坂ものがたり　同年十一月　新潮社　（単行本）
45　月の雫　藍染袴お匙帖　同年十二月　双葉文庫
46　ふたり静　切り絵図屋清七　平成二十三年六月　文春文庫
47　鳴子《なるこ》守《もり》　見届け人秋月伊織事件帖　同年九月　講談社文庫
48　紅染の雨　切り絵図屋清七　同年十月　文春文庫
49　残り鷺《さぎ》　橋廻り同心・平七郎控　平成二十四年二月　祥伝社文庫

50　鳴き砂　隅田川御用帖　同年三月　廣済堂文庫
51　すみだ川　渡り用人片桐弦一郎控　同年六月　光文社文庫
52　貝紅　藍染袴お匙帖　同年九月　双葉文庫
53　月凍てる　人情江戸彩時記　※44の改題　同年九月　新潮文庫
54　飛び梅　切り絵図屋清七　平成二十五年二月　文春文庫
55　百年桜　同年三月　新潮社　（単行本）
56　夏ほたる　見届け人秋月伊織事件帖　同年七月　講談社文庫
57　風草《かぜくさ》の道　橋廻り同心・平七郎控　同年九月　祥伝社文庫
58　花野　隅田川御用帳　同年十一月　廣済堂文庫
59　つばめ飛ぶ　渡り用人片桐弦一郎控　平成二十六年七月　光文社文庫
60　雪婆《ゆきばんば》　藍染袴お匙帖　同年十一月　双葉文庫
61　栗めし　切り絵図屋清七　平成二十七年二月　文春文庫
62　百年桜　人情江戸彩時記　※55の文庫化　同年十月　新潮文庫
63　番神の梅　同年十月　徳間書店　（単行本）
64　花鳥　※8の文庫復刊　同年十一月　文春文庫
65　笛吹川　見届け人秋月伊織事件帖　平成二十八年三月　講談社文庫
66　雪の果て　人情江戸彩時記　同年四月　新潮文庫

67　雁の宿　※1の改訂版　同年六月　光文社文庫
68　花の闇　※2の改訂版　同年六月　光文社文庫
69　螢籠　※3の改訂版　同年七月　光文社文庫
70　宵しぐれ　※4の改訂版　同年八月　光文社文庫
71　おぼろ舟　※5の改訂版　同年九月　光文社文庫
72　冬桜　※6の改訂版　同年十月　光文社文庫
73　春雷　※7の改訂版　同年十一月　光文社文庫
74　夏の霧　※10の改訂版　同年十二月　光文社文庫
75　冬の野　橋廻り同心・平七郎控　同年十二月　祥伝社文庫（本書）

一〇〇字書評

切り取り線

冬の野

購買動機（新聞、雑誌名を記入するか、あるいは○をつけてください）	
□（　　　　　　　　　　　　）の広告を見て	
□（　　　　　　　　　　　　）の書評を見て	
□ 知人のすすめで	□ タイトルに惹かれて
□ カバーが良かったから	□ 内容が面白そうだから
□ 好きな作家だから	□ 好きな分野の本だから

・最近、最も感銘を受けた作品名をお書き下さい

・あなたのお好きな作家名をお書き下さい

・その他、ご要望がありましたらお書き下さい

住所	〒				
氏名		職業		年齢	
Eメール	※携帯には配信できません		新刊情報等のメール配信を 希望する・しない		

この本の感想を、編集部までお寄せいただけたらありがたく存じます。今後の企画の参考にさせていただきます。Eメールでも結構です。

いただいた「一〇〇字書評」は、新聞・雑誌等に紹介させていただくことがあります。その場合はお礼として特製図書カードを差し上げます。

前ページの原稿用紙に書評をお書きの上、切り取り、左記までお送り下さい。宛先の住所は不要です。

なお、ご記入いただいたお名前、ご住所等は、書評紹介の事前了解、謝礼のお届けのためだけに利用し、そのほかの目的のために利用することはありません。

〒一〇一-八七〇一
祥伝社文庫編集長　坂口芳和
電話　〇三（三二六五）二〇八〇

祥伝社ホームページの「ブックレビュー」からも、書き込めます。
http://www.shodensha.co.jp/bookreview/

祥伝社文庫

冬《ふゆ》の野《の》　橋廻《はしまわ》り同心《どうしん》・平七郎控《へいしちろうひかえ》

平成28年12月20日　初版第1刷発行

著　者　藤原《ふじわら》緋《ひ》沙《さ》子《こ》
発行者　辻　浩明
発行所　祥伝社《しょうでんしゃ》
東京都千代田区神田神保町3-3
〒101-8701
電話　03（3265）2081（販売部）
電話　03（3265）2080（編集部）
電話　03（3265）3622（業務部）
http://www.shodensha.co.jp/

印刷所　萩原印刷
製本所　ナショナル製本
カバーフォーマットデザイン　中原達治

造本には十分注意しておりますが、万一、落丁・乱丁などの不良品がありましたら、「業務部」あてにお送り下さい。送料小社負担にてお取り替えいたします。ただし、古書店で購入されたものについてはお取り替え出来ません。

 ISBN978-4-396-34272-2 C0193

祥伝社文庫の好評既刊

藤原緋沙子 **恋椿** 橋廻り同心・平七郎控①

橋上に芽生える愛、終わる命……江戸の橋を預かる橋廻り同心・平七郎と瓦版屋女主人・おこうの人情味溢れる江戸橋づくし物語。

藤原緋沙子 **火の華《はな》** 橋廻り同心・平七郎控②

橋上に情けあり——橋廻り同心・平七郎が、剣と人情をもって悪を裁くさまを、繊細な筆致で描く。

藤原緋沙子 **雪舞い** 橋廻り同心・平七郎控③

雲母《きらず》橋・千鳥《ちどり》橋・思案《しあん》橋・今戸《いまど》橋——橋廻り同心・平七郎の人情裁きが冴えわたる。

藤原緋沙子 **夕立《ゆだ》ち** 橋廻り同心・平七郎控④

新大橋、赤羽橋、今川橋、水車橋——悲喜こもごもの人生模様が交差する、江戸の橋を預かる平七郎の人情裁き。

藤原緋沙子 **冬萌え** 橋廻り同心・平七郎控⑤

泥棒捕縛に手柄の娘の秘密。高利貸しの優しい顔。渡りゆく男、佇む女——昨日と明日を結ぶ夢の橋。

藤原緋沙子 **夢の浮き橋** 橋廻り同心・平七郎控⑥

永代橋の崩落で両親を失い、深い傷を負ったお幸を癒《いや》した与七《よしち》に盗賊の疑いが——!! 平七郎が心を鬼にする!

祥伝社文庫の好評既刊

藤原緋沙子
蚊遣《かや》り火
橋廻り同心・平七郎控⑦

江戸の夏の風物詩――蚊遣り火を焚《た》く女の姿を見つめる若い男。やがて二人の悲恋が明らかになると同時に、新たな疑惑が……。

藤原緋沙子
梅灯り
橋廻り同心・平七郎控⑧

「夢の中でおっかさんに会ったんだ」――生き別れた母を探し求める少年僧・珍念《ちんねん》に危機が！

藤原緋沙子
麦湯の女
橋廻り同心・平七郎控⑨

奉行所が追う浪人は、その娘と接触するはずだった。自らを犠牲にしてまで浪人を救う娘に平七郎は……。

藤原緋沙子
残り鷺《さぎ》
橋廻り同心・平七郎控⑩

「帰れない……あの橋を渡れないの……」謎のご落胤《らくいん》に付き従う女の意外な素性とは？　シリーズ急展開！

藤原緋沙子
風草の道
橋廻り同心・平七郎控⑪

旗本の子ながら、盗人にまで堕ちた男が逃亡した。非情な運命に翻弄された男を、平七郎はどう裁くのか？

今井絵美子
夢おくり
便り屋お葉日月抄①

「おかっしゃい」持ち前の侠《きゃん》な心意気で邪《よこしま》な思惑を蹴散らした元辰巳芸者・お葉。だが、そこに新たな騒動が！

祥伝社文庫の好評既刊

西條奈加
御《おん》師《し》 弥五郎
お伊勢参り道中記

無頼の御師が誘う旅は、笑いあり涙あり、謎もあり――騒動ばかりの東海道をゆく、痛快時代ロードノベル誕生。

諸田玲子
蓬莱《ほうらい》橋にて

すれ違う男と女の心。東海道の宿場を舞台に、運命のほころびに翻弄される人々の哀切を描く時代小説。

有馬美季子
縄のれん福寿
細腕お園美味草紙

「なんと温かで、心に美味しい物語であることか」大矢博子氏。心づくしの品に思いを託す美人女将の人情料理譚。

木村友馨
御《お》赦《ゆる》し同心

北町の定廻り・伊刈藤四郎《いかりとうしろう》は、御赦し同心という閑職に左遷されるが……。熱い血潮が滾《たぎ》る時代小説。

山本一力
大川わたり

「二十両をけえし終わるまでは、大川を渡るんじゃねえ……」と博徒親分と約束した銀次。ところが……。

山本一力
深川駕籠

駕籠《かご》舁き・新太郎は飛脚《ひきゃく》、鳶《とび》といった三人の男と深川↔高輪往復の速さを競うことに――道中には色々な難関が……。

〈祥伝社文庫　今月の新刊〉

阿木慎太郎
闇の警視　撃滅（上・下）
ヤクザV.S.警官。壮絶な抗争、意地のぶつかり合い、そして——。命懸けの恋の行方は。

南　英男
殺し屋刑事《デカ》　女刺客《しかく》
悪徳刑事が尾行中、偽入管Gメンの黒幕が撃たれた。新宿署一の〝汚れ〟が真相を探る。

大下英治
不屈の横綱　小説　**千代の富士**
小さな体で数多の怪我を乗り越え、輝ける記録を打ち立てた千代の富士の知られざる生涯。

藤原緋沙子
冬の野　橋廻り同心・平七郎控
辛苦を共にした一人娘を攫われた女将。その哀しみを胸に、平七郎が江戸の町を疾駆する。

岡本さとる
夢の女　取次屋栄三《えいざ》
預かった娘の愛らしさに心の奥を気づかされた栄三郎が選んだのは。感涙の時代小説。

小杉健治
離れ簪《かんざし》　風烈廻り与力・青柳剣一郎
夫の不可解な死から一年、早くも婿を取る商家。きな臭い女の裏の貌を、剣一郎は暴けるか。

佐伯泰英
完本　**密命**　巻之十八　遺髪　加賀の変
藩政改革でごたつく加賀前田家——清之助にも刺客が！　剣の修行は誰がために。